パシーとアラビアの王子さま

ウルフ・スタルク
菱木晃子 訳
はたこうしろう 絵

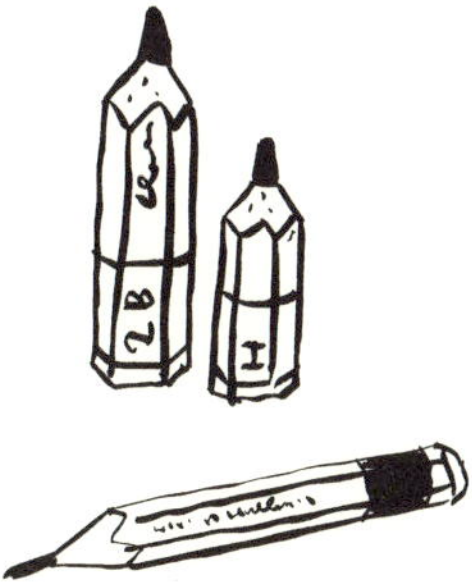

Min vän shejken i Stureby
First published by Bonnier Carlsen Bokförlag, Stockholm, Sweden
Published in the Japanese language by arrangement with Bonnier Group Agency, Stockholm, Sweden, through Tuttle-Mori Agency, Inc., Tokyo.

パーシーとアラビアの王子さま

もくじ

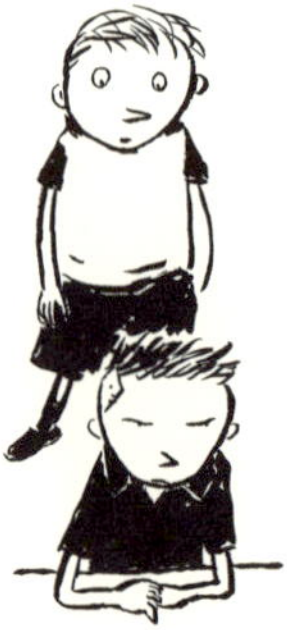

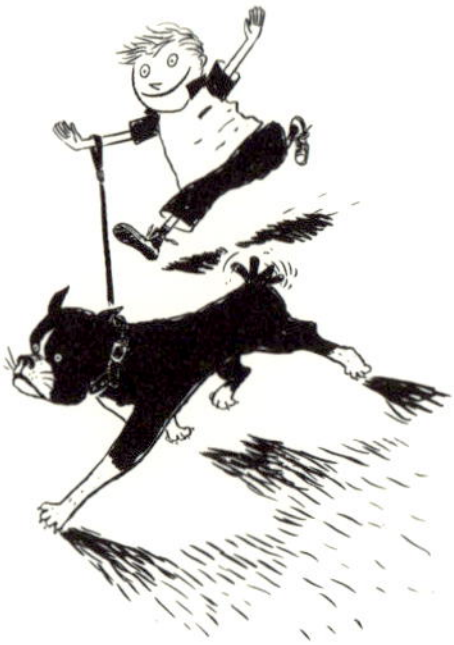

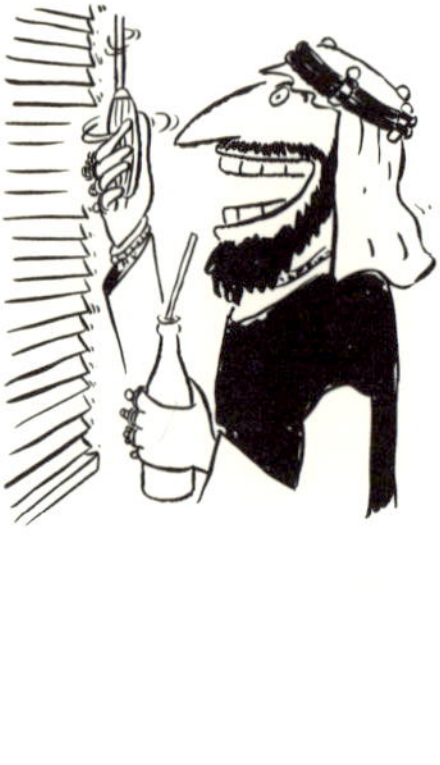

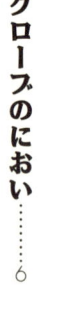

1 グローブのにおい

「いい本というのは、さいしょのページで読者をひきつける。涙《なみだ》とわらいをさそい、とちゅうでやめられなくなるものだよ」

ある日、ぼくがでかけようとすると、パパはいった。

歯医者の白衣《はくい》すがたのまま、げんかんに立ったパパは、手にぶあつい本をもっていた。本だなからひっぱりだしてきた『モンテ・クリスト伯《はく》』。ややこしいことばがだらだらと書いてある、ほこりくさい本だ。

「たとえば、このフランスの名作。読んでみなさい」

「いやだよ」

「本を読まないと、なにも身につかないぞ」

「そうだけど……」ぼくは返事もそこそこに、ドアからすべりでた。

コンクリートの階段《かいだん》に、お日さまがかっとてりつける。あまりのまぶしさに、ぼくは思わず目をとじた。

こんな天気のいい日に家で本を読むなんて、まっぴらだ。ぼくをくぎづけにする本なんて、この世にあるわけがない。

きょうはパーシーとウッフェとヨーランと、ビョルネの家のあき地で射撃《しゃげき》をすることになっているんだ。

きょうは、というより、きょうも。ぼくたちは毎日、いっしょにあそんでいる。

ぼくは、いきおいよく通りをかけていった。

パン屋さんからは、やきたてのパンのいいかおりがする。

角をまがるときには、いつものようにポケットの角ざとうを、さくのむこうでほえているフォックステリアになげてやった。

それから、両うでを横にひろげて走った。

飛行機《ひこうき》のつもりなんだ。胴《どう》がふとくてみじかい軽飛行機《けいひこうき》。ぼくにぴったりだ。だって、ぼくは背《せ》がひくくて、ちょっとふとっているから。

ムンク通りまでくると、つばさをたたんだ。みんなはもうきていて、ぼくをまっていた。

パーシーは、どこかの木からもいできた青いリンゴをかじっていた。

ヨーランは、耳たぶをひっぱっている。

ウッフェは、買ってもらったばかりのスイス製《せい》のうで時計をながめていた。

「おそいじゃないか」ウッフェがいった。

「ごめん。ちょっとパパにつかまっちゃって。さあ、はやく行こう」ぼくはいった。

空気銃《くうきじゅう》をもっているのは、ビョルネだ。ぼくたちはそれで、緑、赤、黄、青の小さな矢をうつ。まとは、ビョルネのおかあさんの週刊誌《しゅうかんし》から切りぬく写真。

ところが、きょうのぼくたちは、あき地の入口までたどりつけなかった。

アンドレン先生の診療所《しんりょうじょ》の前に、ラッセ・オーグレンが立っていたんだ。両うでをこしにあて、そのまるい顔にいじわるそうなほほえみをうかべていた。

「おっす、チビども！」ラッセはいった。

ラッセはぼくたちよりふたつ年上で、からだも大きい。体重なんか、二十キロ以上《いじょう》はおもいだろう。

ラッセのじまんは、ほんもののブタ革《がわ》のボクシングのグローブを、おにいさんのハーダルといっしょにもっていること。ふたりは右手と左手を、一週間ずつ交代でつかうことにきめている。

つまり、ハーダルが右手をもっているときは、ラッセは左手。つぎの週は、その反対になるんだ。気をつけなくちゃいけないのは、ラッセが右手をもっている週。ラッセのパンチは命中率《めいちゅうりつ》が高くて、すごく強いから。

そうわかっていたのに、ぼくはラッセにつかまってしまった。

ラッセはグローブをぼくの鼻におしあてた。ブタのにおいがする。

「ウルフ。これ、みたことあるか?」

「う、うん。すてきな手ぶくろだね」

「それに、かたい」ラッセはにやっとわらった。

「ためしてみるか?」

「いいよ。まえにためしたから」

これが去年だったら、ぼくはとっくにラッセに一発おみまいしていただろう。パーシーから手にいれた魔法《まほう》の運動ぐつをはいていたんだから。でも、もう、あれはもやしてしまった。

一発おみまいするかわりに、ぼくは一歩うしろにさがった。

同時にパーシーがさけんだ。

「やめろ、ウルフに手をだすな！　ウルフはおれの兄弟みたいなもんなんだ。ウルフに手をだしたら、ただじゃおかない！」

「なに？」ラッセはすごんだ。

「な、なんでもないよ」ぼくはあわてて口をはさんだ。「それより、ラッセ。きょうはなにがほしいの？」

「シナモンパンだ」ラッセはこたえた。

さっそくぼくたちは全員で、パン屋さんへと歩いていった。

パン屋さんは、ぼくの灰色《はいいろ》の家の前にある。だから、ぼくは毎朝、学校へ走っていきながら、パン生地《きじ》やカルダモンやシナモンのいいかおりをすいこめるってわけ。

パン屋さんの前までくると、ラッセはぼくにねんをおした。

「わかってるな。お金をはらうとき、『ママのつけにしてください』っていうんだぞ。よし、はい

ろう」

パン屋さんのたなには、クリームパイやカルダモン味のねじりパン、ラスクやチョコカステラがぎっしりならんでいた。

ラッセは鼻の両わきをひくつかせて、せまい店の中をうろついた。そして、ひととおりみおわると、ぼくのわきばらをグローブでドスッとたたいた。

「よし、あれだ！　それと、あれと、あれも」

ラッセがあごでさしたのは、やきたてのあまいパンとクッキーと大きなワッフル三こ。

「ママのつけにしてください！」ぼくは大きな声でいった。

「へえ、きょうはウルフのおかあさんのおごりなの？」パン屋さんのおねえさんは、たなのパンをとりながらいった。

「は、はい」

「けど、おかあさんはいつも自分でやくんでしょ？」

「きょうは偏頭痛《へんずつう》がするから、だめなんだってさ」ラッセがすかさずこたえた。

ラッセはパンのはいった茶色い紙ぶくろをかかえて、通りをわたった。そして、原っぱの大きな岩のうしろにこしをおろした。

岩のうしろは人目につかない場所だ。老人《ろうじん》ホームのおじいさんたちが、ビールをラッパ飲みしていることもある。

ラッセは岩によりかかると、もぐもぐ口をうごかしはじめた。

近くのしげみで、小鳥がさえずっている。

「ああ、おいしい。おまえたちには、わからないだろうなあ」ラッセはいった。

ぼくたちはだまったまま、ラッセの口にパンやクッキーが、どんどんきえていくのをながめていた。

わけてもらえないのは、わかっている。食べのこしたパンは、小鳥にやってしまうんだから。

「ちぇっ、はらいっぱいだ。でも、またすぐにへるんだな、これが」ラッセは紙ぶくろをまるめると、グローブをはめた手を小さくふって、行ってしまった。

「あーあ、すごい食欲《しょくよく》。あんなに食べて、よくおなかが爆発《ばくはつ》しないよなあ」ヨーランがいった。

「あーあ、ばれたら、ママはなんていうだろうなあ」ぼくもいった。

ぼくたちはビョルネのあき地にもどると、ちょっとだけ射撃《しゃげき》をしてあそんだ。でも、ちっとも楽しくなかった。ぼくなんか、ひとつもまともにあたらなかった。

「きょうは調子が悪いみたいだな。なに考えてる?」パーシーがぼくにきいた。

「このつぎはラッセに、なにをとられるのかなあと思って」

ラッセが右手にグローブをはめてあらわれるたびに、ぼくはかならずなにか、とられてしまう。いちばん気にいっていたヨーヨーや、パパにもらった入れ歯もとられてしまった。入れ歯は口の中にはめて、にっとわらうと、すごくきみ悪い顔になるものだったのに。

「いつまでも、ラッセの思いどおりにはならないさ。なにか方法を考えよう」パーシーはいった。

「そうさ。なにかいい方法を」と、ウッフェ。

「ぼくもいま、そういおうとしてたんだ」ヨーランもいった。

ぼくたちはそれぞれ家へ帰って、いい方法を考えることにした。

② これは、いい本だ！

ママのつけでパンを買ったことは、つぎの日にはもうばれてしまった。

ココアとサンドイッチの夜食の時間に、ママはぼくにいった。

「ウルフ、どうして、そんなむだなことしたの？」

「えっと、その、おなかがすいてたんだ。ふかくは考えなかったんだ」

「ウルフはいつだって、ふかく考えないんだ」にいちゃんが口をはさんだ。にいちゃんはヤンネといい、にいちゃんのくせに、ぼくよりやせている。

「わかったわね。パンなら、うちにいくらでもあるのよ。パン屋さんで、『パンを買ってあげたら、みんな、よろこんだでしょ？』っていわれて、ママはぽかんとしちゃったわ」

「ウルフは食べすぎなんだよ。それがすべての原因《げんいん》さ。おまけに、くちゃくちゃ音をたてて食べるしさ」にいちゃんがまた、口をはさんだ。

そのとき、パパがフランス語でなにかいった。そして、「パン代はウルフのおこづかいからさしひくように」とはっきりいうと、書斎《しょさい》へおりていってしまった。日常《にちじょう》のくだらない話には、つきあいきれないいんだろう。

書斎《しょさい》には、パパのだいじな無線機《むせんき》がおいてある。パパはアマチュア無線《むせん》にこっているんだ。夜と休みの日は、つくえの前にすわって、よその国の人としゃべってばかりいる。

マイクにむかって話しているパパは、スウェーデンの小さな町にいるけど、無線機《むせんき》からきこえてくる声のぬしは、ニューギニアとかオーストラリアとか、うんと遠い国にいる。

そして、あとでQSLカードという絵はがきみたいなものを送りあう。

地球のどこにでも無線《むせん》なかまはいて、DL1KWとか、ZC12AAとか、おかしな名前でよびあう。

アマチュア無線《むせん》にこっている人って、みんなちょっとへんなのかも。

ちなみに、ぼくのパパはSM5FLだ。

すこししてから、ぼくも書斎《しょさい》へおりていった。そして、長いすにそっとこしをおろした。パパがよその国と話しているときは、しずかにするというきまりだから。

ぼくは、ぼくの人生とラッセのことを考えた。

パパはマイクにむかって話している。ピーーーと音がすると、無線機《むせんき》からあやしげな声が返ってきた。

「ハロー、ハロー。こちらはSM5FL」と、パパ。

「グリーンランドと話してるの？」ぼくはそばへ行き、きいてみた。

「ちがう。サウジアラビアと交信《こうしん》しようとしているんだ」パパはひっしになってダイヤルをまわした。

「ねえ、パパ。考えてることがあるんだけど」ぼくはパパをみつめた。

パパは灰色《はいいろ》のカーディガンを着ている。歯

医者さんのにおいがする。つくえの上の地球儀《ちきゅうぎ》には、ぼんやりあかりがともっている。

ぼくはパパがとなりにすわってくれたら、パン屋さんで買ったパンがほんとうはどういう運命をたどったか、うちあけようと思った。パパならきっと、ぼくがこれからどうすればいいか、おしえてくれると思ったんだ。

でもパパは、無線機《むせんき》の方をむいたまま、いった。

「なんだね、考えていることって？」

「人生について」

「なるほど。でも、いまはしずかにしていてくれ。ごらんのとおり、交信《こうしん》ちゅうなんだ。本だなから本をだして、読みなさい」

ぼくは、いわれたとおりにした。

パパの本だなには、たくさん本がある。もちろん、パパのすきな『モンテ・クリスト伯《はく》』や『バウンティ号の反乱《はんらん》』も。子どものしつけにかんする本もある。

けれども、ぼくが本だなからとりだしたのは、『わたしの父は人食い人種《じんしゅ》』だった。

南の島のはだかの女の人の写真がのっているんだ。女の人はからだじゅうにブタのあぶらをぬりたくり、手に骨《ほね》をもっている。

でも、この本はもう何千回とみたから、すぐにあきてしまった。

ぼくはべつの本をとりだした。

まだ一度もみたことのない本。緑の背表紙《せびょうし》には『催眠術の基礎《さいみんじゅつのきそ》』と書いてある。小さな字がぎっしりつまった、ぶあつい本だ。

ところが読みはじめたとたん、ぼくはすごいことに気がついた。

これは、いい本だ！　だって、さいしょのページで、ぼくをひきつけたから。そして、とちゅうでやめることができなかったから。

ブタのあぶらをぬった女の人も、パパも、無線機《むせんき》からもれてくるあやしげな声も、ぼくの頭から、いっしゅんのうちにきえていた。

この本はとても役にたつ。ぼくはそう思いながら、へやの中が暗くなるのも気にせず、長いすにすわって読みつづけた。

写真ものっていた。ベッドにねている人たち。その前で催眠術師《さいみんじゅつし》が、パパの金の懐中時計《かいちゅうどけい》みたいなものを左右にゆらしている。催眠術《さいみんじゅつ》にかかった人たちはみんな、ねむそうな、とろんとした目をしている。

「おや、まだねないのかい？」書斎《しょさい》のあかりをけそうとして、パパがいった。

「もうすぐ。この本を読みおわったら。あと八十九ページなんだ」

すると、パパはぼくをぎゅっとだきしめた。

「あんまりおそくまで、おきていてはいけないよ」

「うん」

そうこたえたものの、ぼくはおそくまでおきていた。そして、いつのまにかパパの黒いクッションをまくらにして、長いすでねむっていた。胸《むね》の上に『催眠術《さいみんじゅつ》の基礎《きそ》』をのせたまま――。

③ ラッセなんかこわくない

それから二週間たったある日。

ぼくは「ビョルネのあき地で射撃《しゃげき》をしようよ」と、パーシー、ヨーラン、ウッフェをさそった。

「ばかだな。あそこへ行ったら、またラッセにつかまっちゃうよ」と、ウッフェ。

「そうだよ。今週はラッセが右手だもの」ヨーランは心配そうに耳をひっぱった。

「それがなんだっていうんだ？　ラッセがいるかどうかもわからないのに。なんでそんなにこわがるのさ？」ぼくはいいかえした。

「そうだ、ウルフのいうとおりだ。あんなやつのいいなりになってたまるか！」パーシーもいった。

ぼくたちはとりあえず、ムンク通りのほうへ歩きだした。

ぼくはポケットに手をいれ、金の懐中時計《かいちゅうどけい》がちゃんとあるかどうか、たしかめた。パパのコレクションの中で、いちばん高級な時計だ。ひんやりした金属《きんぞく》の表面をなでながら、ぼくは緑色の背表《せびょう》紙《し》の本で読んだことばを口の中でくりかえした。

きのうの夜、ウッフェの犬をつれだし、おしっこをさせたときにはうまくいった。

犬はすぐにあくびをして、地面にごろんとねころんだ。あの犬は、いねむりの名人なんだけど。

でも、ラッセは名人じゃないだろう。

「なにをぶつくさいってるの？」ヨーランがきいた。

「べつに」ぼくはこたえた。

ぼくたちはビョルネのあき地まで歩きつづけた。

ラッセは立っていた。茶色いグローブを右手にはめ、さくのところでまちかまえていた。


「おっす、チビども」ラッセはすぐに、にじりよってきた。「きょうは、かならずくると思ってたぜ」

「うん。ぼくたちもラッセに会いたかったんだ」ぼくはいった。

「おれに会いたかっただと？」ラッセは目をつりあげ、あたりをみまわした。ぼくたちがおとなをつれてきたとでも思ったらしい。

「うん。催眠術《さいみんじゅつ》をかけてあげようと思ってね」

「けっ。そんなもん、できるわけないだろ。それより、シナモンパンが食いたい。パン屋へ行こう」

ラッセはグローブで自分のおなかをたたいた。長ぐつで、ぬかるみをふんづけたみたいな音がする。

「とかいっちゃって、催眠術《さいみんじゅつ》にかかる勇気《ゆうき》がないんじゃないの？」パーシーがいった。

「ぼくもいま、そういおうとしてたんだ」ヨーランもいった。

すると、ラッセのほっぺたは、みるみるうちにまっ赤になった。勇気《ゆうき》がないといわれたのが、よっぽど頭にきたんだ。こうなると、ラッセはなんでもやってみせようとする。くさいにおいのするカメムシをいっぺんに二ひき食べてみせたこともあるし、アリ塚《づか》にズボンをぬいで三十分間すわっていたこともある。

「催眠術《さいみんじゅつ》にかかる勇気《ゆうき》はあるさ！」ラッセはいいかえした。「催眠術《さいみんじゅつ》だなんて、ウルフのうそにきまってる。おれは、人にだまされるのが大きらいだ。けど、いいぜ。催眠術《さいみんじゅつ》とやらをかけてもらおうじゃないか。もしうそだったら、どんなめにあうか、よくおぼえとけ！」

「うん。じゃあ、ビョルネの家のうら庭へ行こう。催眠術《さいみんじゅつ》をかけるには、あそこがいちばんいいんだ」ぼくはいった。

ラッセもみんなも、ぼくについてきた。

ビョルネの家のうら庭には、からっぽのウサギ小屋とブランコと松《まつ》の木が一本ある。松《まつ》の木の根もとは、かれ草や生ゴミのすて場になっている。

ぼくはちょうどいい高さのえだをゆびさすと、ラッセにいった。

「あれにのぼって。ひざでぶらさがって」

「なに？」

「催眠術《さいみんじゅつ》にかけてもらう人は、頭を下にしないといけないんだ。ジョーシキだよ」

ラッセはゴミの山に足をかけ、木によじのぼった。

「準備《じゅんび》はいい？」ぼくは上をむいて、さけんだ。

「いいぞ。さあ、はじめろ！」ラッセもどなりかえした。


ぼくはズボンのポケットから金の懐中時計《かいちゅうどけい》をとりだした。時計のくさりも金だ。パパはおじいちゃんと紳士《しんし》クラブへ行くとき、いつもこの時計をチョッキにつけていく。

「いい、ラッセ？　ずっとこれをみててね。ぜったいに目をはなしたらだめだよ」ぼくはくさりをつまんで、ふりこのように時計をゆらした。

お日さまの光をうけて、時計はぴかぴかひかり、反射《はんしゃ》した光をあたりにまきちらした。

ラッセはじっと時計をみつめている。

「あなたは、だんだんねむくなる……」ぼくはトイレで練習したとおり、単調《たんちょう》なひくい声でつぶやいた。「からだがだんだんおもくなる……頭もおもくなる。足もおもくなる。おなかもおもくなる。からだじゅうが、どんどんおもくなっていく。呼吸《こきゅう》はしずかに、ゆっくりと……」

ラッセの息がスーハーいっているのが、上からきこえる。

「さあ、わたしが二十かぞえたら、あなたは、ふかいふかいねむりにおちる。とても気持ちのいいねむりに。一、二、三……」

ところが十八までかぞえたところで、ラッセはえだからおちてしまった。ゴミの山の中にドサッと。そのままコーヒーのかすとジャガイモの皮にうもれて、のびていた。

みんなはおそるおそる近づき、ラッセをのぞいた。

ぼくはパパの時計をポケットにもどした。

「すごいぞ、ウルフ。マンガにでてくる魔術師《まじゅつし》みたいだ！」ヨーランがいった。

「いったい、どこでならったんだ？」パーシーもいった。

「本を読んだだけさ」ぼくはこたえた。それから、ラッセの上にかがみこんだ。

ラッセの息がきこえる。かたほうのまぶたが、ぴくっとふるえた。

「おこすこともできる？」ウッフェがきいた。

「たぶんね」ぼくはラッセの耳に口をあてると、大きな声でいった。「おきなさい！」

するとラッセはむっくりおきあがった。頭をかかえて、風にゆれるブランコをみつめている。

「なんで、ここにいるんだ？　なにが、おきたんだ？」

「ねむってたんだよ。ふかいねむりにおちていたんだ。ぼくがいったとおりにね。ボールがぶつかったときみたいに、頭がぼんやりするでしょ？」

「くそっ、めまいがする」

「やっぱりね。催眠術《さいみんじゅつ》にかかると、たいていそうなるんだ。でも、これでわかったでしょ。ぼくがうそつきじゃないって。こんど、ぼくたちをなぐろうとしたら、どうなるか」

「わかったよ」

「じゃあ、もう行っていいよ」ぼくはいった。

「そのまえに、おれたち全員にチョコレートを買ってくれよ」パーシーがいった。

歩きだそうとすると、ビョルネが空気銃《くうきじゅう》をもって、家からでてきた。わきの下には、古い週刊誌《しゅうかんし》のたばをはさんでいる。

「どこ行くの？　せっかく、みんなでやろうと思ったのに」

「売店へ行くんだ。ウルフが催眠術《さいみんじゅつ》をかけたから、ラッセがみんなにうまいものをおごってくれるんだ」パーシーはいった。

④ あまい口づけ

つぎの朝、校庭でみかけたラッセの頭には、大きなたんこぶができていた。

ぼくは、みんなにとりかこまれた。

男の子も女の子も、ぼくをそんけいのまなざしでみつめている。

パーシーとヨーランがきのうのことを、なんどもみんなにしゃべったんだ。

「ラッセのやつ、死んだクジラみたいに、ぐったりさ。みんなにもみせたかったな。ウルフは、だれにでも催眠術《さいみんじゅつ》をかけられるんだ！」と、パーシー。

「校長先生にも？」オーケが口をぽかんとあけた。

「カンタン、カンタン」ヨーランはいった。

「校医さんが身体検査《しんたいけんさ》でタマタマをさわるときでも？」

「もちろんさ。どんな人でも、どんなときでも、オッケーさ」パーシーはうけあった。

すると、オーケはぼくに映画《えいが》スターのブロマイドを二まいくれた。一まいは、茶色いカウボーイハットをかぶったロイ・ロジャース。もう一まいは、胸《むね》のあいたドレスのジーナ・ロロブリジーダだ。

パーシーは胸《むね》のあいたほうに、さっと手をだした。

「仲介料《ちゅうかいりょう》にもらっとくよ。おれは実業家になるんだから」

「うん。わかってるって」ぼくはいった。

そのとき、ベルが鳴った。

みんなは、いっせいにちっていった。

ぼくも歩きだそうとした。でも、だれかがうでをひっぱった。

マリアンヌだった。

このごろ、あんまり顔をあわせていない。ふたりとも偏平足《へんぺいそく》がなおったから、もう足の体操《たいそう》に行かなくていいんだ。

「ねえ、ウルフ。だれにでも催眠術《さいみんじゅつ》をかけられるって、ほんと?」

「う、うん。」

「あたしにもかけられる?」

「たぶんね。ぼくの目をずっとみていられるなら」

「ちゃんとみていられるわ。夕食のあとは、どう？」

「いいよ。原っぱで会おう。ウッフェの犬をさんぽにつれてくから」ぼくはそういうと、大またで教室へかけていった。


教室では、先生がこのまえの算数のテストを返していた。

テストをうけとったオーケの顔は、ネオンサインみたいにぱっと明るくなった。でも、パーシーの顔はまっくらだ。

「みんな、テストは家にもって帰って、おとうさんのサインをもらってくるように」先生はいった。

すると、パーシーは手をあげた。


「おれのとうさんはむりだと思います。最近《さいきん》、すごくつかれてるみたいだから」

「わかったわ。近いうちにまたテストをしますから、こんどはがんばるように。いい？　パーシー、もうすこし努力《どりょく》してちょうだい。努力《どりょく》すれば、ちゃんと結果《けっか》はでるんだから」

「それが、だめなんだな。いろいろやってみたんだけど」

「なら、おとうさんにおしえてもらいなさい」

「とうさんに？　おれに勉強なんか、おしえたいかな？」

「もちろんよ。あなたがていねいにおねがいすればね」

「それなら、めしを食ってるときがいいや。食ってるときだけは、とうさんもきげんがいいからさ」パーシーは、ばつ印《じるし》でまっ赤になったテスト用紙にむかって、にっとわらった。


ぼくは夕食を食べおえると、いそいでウッフェの犬をむかえにいった。

犬はボクサーだ。おでこにしわがあり、おしりにちょん切ったしっぽのあとがついている。名前はペックという。

「ちょっとまっててくれたら、いっしょに行くよ」ウッフェがげんかんでいったけど、ぼくは「こなくていい」と、ことわった。

そして、全速力で坂道をかけていった。ペックもしっぽのあとをふりふり、ぼくの前を走っていく。

マリアンヌは、原っぱにあるひくいナナカマドの木のそばに立っていた。赤い水玉もようのワンピースを着て、金髪《きんぱつ》のポニーテールをゴムでとめている。

ぼくに気づくと、大きな前歯をみせて、にっこりわらった。

「ねえ。催眠術《さいみんじゅつ》をかけてもらうときって、どうすればいいの？」

「横になるんだ」ぼくはそういいながら、ペックのひもをナナカマドにしばりつけた。それから、キンポウゲやクローバーのさいている斜面《しゃめん》をあごでさした。

「そこに横になって」

マリアンヌはさっそく、からだを横たえ、雲をみあげた。

「気持ちいい！」

「ぼくの目をずっとみてるんだよ」ぼくはマリアンヌの上にからだをかがめた。

「こう？」マリアンヌは灰色《はいいろ》がかった青いひとみで、ぼくの目をまっすぐにみつめた。

「う、うん。そう」ぼくは、まばたきせずにはいられなかった。まるで、お日さまをみているみたいだったから。

「どんな催眠術《さいみんじゅつ》をかけてくれるの？」

「そのうちわかるって」ぼくはいった。でも、ほんとうはまだなにも考えていなかった。

「さあ、しずかにして。はじめるよ。からだの力をぬいて、らくにして」

ぼくは、催眠術師《さいみんじゅつし》らしい、ひくい声でつづけた。そして、マリアンヌの呼吸《こきゅう》がおちついたところで、ゆっくりと二十までかぞえた。

「さあ、もうすぐだ。あなたは目をとじる。もう、あけてはいられない。どんどん気持ちよくなっていく。空にうかんでいるようだ。からだじゅうがほかほかとあたたかい……」

するとと、ほんとうにマリアンヌは目をとじた。

「そう、その調子。こんどは十からさかさまにかぞえるから、ゼロになったら目をあける。すると、あなたはくちびるを、ぼくのくちびるにおしあてたくてたまらなくなる。これまでにしたことのない、あまい口づけをぼくにする」

ぼくがゼロまでかぞえると、マリアンヌは目をあけた。

「めまいがする？」

「ええ。ちょっとへんな感じ」マリアンヌはそういうと、立ちあがった。

ぼくたちは、まっすぐにむきあった。

「なにかしたい気がしない？」ぼくはきいた。

「わからない。なにをしたいのか、自分では」

そういいながら、マリアンヌは両うでをぼくの首にまわした。そして、やわらかいくちびるを、ぼくのくちびるにぎゅっとおしつけた。

ぼくのでっぱった前歯がマリアンヌのすべすべした前歯にぶつかり、口の中でカチカチ鳴った。しばらくのあいだ、ぼくたちはそのままのかっこうで立っていた。ペックが、だれもえだをなげてくれないとおこって、ほえだすまで。

「まあ！」マリアンヌはわれにかえった。

「ぼくがきみに催眠術《さいみんじゅつ》をかけたからだよ」

「そうよね。そうでなかったら、あたし、こんなこと、ぜったいにしないもの。ねえ、こんどはいつ、かけてくれるの？」

「近いうちに。でも、きょうはもう犬をつれて帰らなくちゃ。ウッフェがまってるから」

帰り道、マリアンヌはぼくにうでをからませて歩いた。

ぼくはずっと、くちびるをなめていた。

「ウルフがいま、いちばんほしいものって、なにかおしえて？」マリアンヌはぼくにそうきくと、自分のくちびるをなめた。

「もちろん、犬だよ」ぼくはこたえた。
とたんに、マリアンヌはぼくからうでをはなした。

５「あなたは算数の天才になる」

つぎの日、レントゲンの検査《けんさ》があった。

上半身はだかになり、校庭にとまった白いバスの中で、肺《はい》の写真をとるんだ。

先に女の子、それから男の子の順番だ。

自分の番がきたら、ひんやりした板に胸《むね》をくっつけて、機械《きかい》がカシャッというまでうごいちゃいけない。息もとめるんだ。でも、いたくもかゆくもない。

なのに、おわった子は順番をまっているぼくたちのところへ走ってきて、どんなに気持ちの悪いものか、大げさにいうんだ。肺《はい》が破裂《はれつ》しそうになったとかなんとか。

わらっていられたのは、ぼくだけだった。ぼくの番がきて、バスの中の女の人に「にやにやするのをやめたら？」といわれても、とまらなかった。

「いくらわらってても、レントゲン写真にはうつりませんよ」

ぼくはにやにやしたまま、胸《むね》をぎゅっと板におしつけた。マリアンヌもついさっき、この板におっぱいをおしつけたんだと思いながら。

学校がおわると、パーシーとぼくは建築現場《けんちくげんば》の足場にのぼろうと、駅のほうへ行った。歩きながら、ぼくはマリアンヌのことを話した。

「ほんとうに、ぼくがいったとおりになったんだ。大きくなったら、ぜったい催眠術師《さいみんじゅつし》になろうっと。そしたら、いろいろとおもしろいことができるもん。人をゆかにはわせたり、ブタみたいな声で鳴かせたり」

「ああ」パーシーはためいきをついた。「おれは、なにになろう?」

「実業家にきまってるじゃない。わすれたの?」

「けど、だめなんだ」

「どうして?」

「計算がにがてだからさ。算数のテストをとうさんにみせたら、そういわれたんだ。こんなに計算がにがてじゃ、実業家はむりだって」

「すぐにできるようになるよ」

「むりだろうな。なにをどうしたらいいのかも、わからない」

「パパは、おしえてくれないの？」

ぼくの質問《しつもん》に、パーシーはこたえなかった。歩きながら、小石を二、三こ、けとばしただけだった。

ぼくはことばにつまった。だから、ぼくも小石を二、三こ、けとばした。

ところが、まえにぼくが手すりをわたった鉄橋までくると、パーシーの顔はぱっと明るくなった。

「くーっ、いいこと思いついた！」

「なあに？」

「おれに催眠術《さいみんじゅつ》をかけてくれ。なんで、もっとはやく気がつかなかったんだろう。おまえの催眠《さいみん》術《じゅつ》はなんでもできるんだろ？　だったら、おれを算数の天才にしてくれ」

「できるかなあ？」

「できるさ。ラッセにはうまくいったじゃないか。マリアンヌにも、かんぺきだったんだろ？　なっ、おれのうちへこいよ。いますぐ、はじめよう」

ぼくは、ビュール通りにある、パーシーの黄色いアパートへついていった。

パーシーの家には、パパがいた。台所のテーブルの前にすわり、耳をいじりながら、ぶあつい書類《しょるい》の山をながめていた。

まくりあげたナイロンのシャツのそでを、うでバンドでとめている。

タバコのけむりがたちこめている。

「しっ、しずかに」パーシーがささやいた。「とうさんのじゃましちゃいけない。おれのへやへ行こう」

ぼくは、いわれたとおりにした。

パーシーは、音をたてないようにドアをきちっとしめた。

「パパは、ブラインドを売ってるんじゃないの?」

ぼくはきいた。

「きょうは家にいるんだ。計算しなくちゃならないことがたまってるらしい。もうすぐ大きな取引《とりひき》があるからさ」

「へえ。じゃあ、パーシーのうちは金持ちになるの？」

「ああ。車を買うんだって。ドイツのオペル。かあさんはドライブが大すきだからな。それから最《さい》高級《こうきゅう》のラムの毛皮のコートも。そんなことより、はやくはじめよう」パーシーはベッドに横になり、ぼくの目をじっとみつめた。

ぼくはベッドのわきのいすにこしかけ、いつもとおなじようにはじめた。「からだの力をぬいて」といい、二十までかぞえた。

「いいぞ」パーシーはいった。「『あなたは算数の天才になる』っていってくれ！」

「目をあけると、あなたは算数の天才になる」ぼくはいった。

パーシーはすぐにおきあがり、リュックから算数の教科書とえんぴつと空色のノートをとりだした。けしゴムはいらない、と思ったみたいだ。

「よし、やるぞ！ こいつからだ。むずかしそうだな」パーシーは教科書にのっている計算問題をゆびさした。それから、おでこにしわをよせ、耳をいじると、数字をいくつか書きこんだ。

でも、すぐにパーシーの手はとまった。

「やっぱり、だめだ。ちっともわからない。おまえ、おれをだましたんだろ？」パーシーはえんぴつをかべになげつけた。

「そんなことないよ」ぼくはえんぴつをひろった。「天才になるには、ちょっと練習しなくちゃ。ぼくもここにすわるから。ねっ！」

ぼくはパーシーのとなりに、いすをずらした。そして、いっしょに計算問題をながめた。

「これは、わり算ってやつだよ。わり算がいちばんむずかしいんだ。たとえば、きみが六人の子どもに十八このシナモンパンをわけてあげるとする。どの子にもおなじ数ずつわけるとすると、ひとり、いくつもらえるかな？」

「ひとつももらえない」パーシーはこたえた。「ひとり三こずつ、おれに金をはらわなくちゃだめだ。シナモンパンひとつにつき、五十エーレ。だから、ぜんぶで九クローネもうかる」

ぼくのおでこにしわがよった。紙に書いて、計算しないと……。

「あってる！　あってるよ、パーシー」ぼくはさけんだ。「いまのは、かけ算だ。ほら、だんだん天才になってきたじゃないか！」

ぼくたちはしばらくのあいだ、いっしょにつくえにむかっていた。パーシーが「頭がいたくなってきた」といいだすまで、計算をつづけた。

「頭の筋肉痛《きんにくつう》ってやつだよ。じゃ、きょうは、ここまで。夕食の時間だから、もう帰らないとね」

ぼくはいった。

パーシーはしんせんな空気がすいたいといって、ぼくについてきた。そして歩きながら、べらべらしゃべりつづけた。

計算できるようになって、とうさんの仕事をてつだえるのは、すばらしいことだとかなんとか。

ところが、ムンク通りの角のポプラの木の下までくると、急に声をおとした。

「おい、あれ」

ぼくにもみえた。

ラッセだ。右手にグローブをはめ、街灯《がいとう》にパンチをぶつけている。

ゴスン、ゴスン。すごい音がする。

「やあ、ラッセ。元気？」ぼくは声をかけた。

するとラッセはふりむき、両手をおろして、元気のなさそうな目でこっちをみた。

「元気なわけ、ないだろ。なにをしたらいいかも、わからない。ちぇっ、ちっともおもしろくないぜ。あの金の懐中時計《かいちゅうどけい》が手にはいったら、最高《さいこう》なのに。ウルフが催眠術《さいみんじゅつ》さえつかえなければ、たっぷりおしおきしてやるところだ」

「どんなふうに？」

パーシーがきくと、ラッセはグローブをはめた手をぐるぐるまわした。

「やってみせてよ」パーシーはつづけた。

すると、ラッセはほんとうにやってみせた。グローブをはめた右手で、街灯《がいとう》を思いっきりたたいたんだ。そして、右手をふりながらとびはねた。

「いてーっ、くそーっ」

「悪いけど、ぼくたち、もう帰らなくちゃ。じゃあね」

ぼくたちは、はや足で歩きだした。

パーシーは、ぼくの家がみえるところまでついてきた。やねに大きな無線《むせん》のアンテナが立ってい

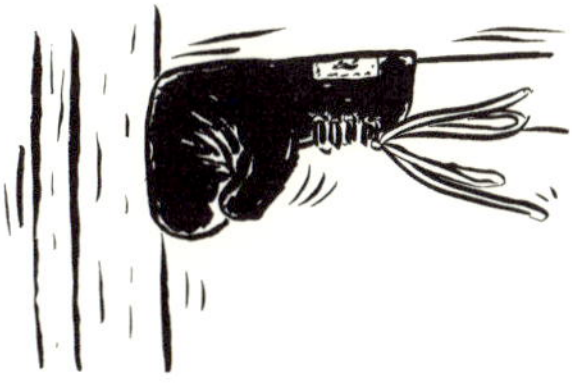

る。

「帰りはちがう道をとおることにするよ。きょうは、ほんとにありがとう。とってもいい日だった」パーシーは、ぼくの肩《かた》をたたいた。

「きっと、あしたもいい日になるよ」ぼくもいった。

❻ 催眠術《さいみんじゅつ》の力

何日かして、算数のテストがあった。

「うまくいった？」ぼくはパーシーにきいてみた。

でも、なんどきいても、パーシーは「さあね。かってに手がうごいただけさ。夢《ゆめ》の中にいるみたいに」としか、こたえなかった。

それから、また何日かたった。

算数の時間のまえにトイレへ行くと、パーシーは髪《かみ》の毛に水をつけてとかしていた。いよいよテストが返ってくるから、きちんとしておきたかったのかも。

授業《じゅぎょう》がはじまると、先生はひとりずつ名前をよんで、テストを返した。

パーシーはそのあいだじゅう、指でつくえのふたをドラムみたいにたたいていた。

先生がパーシーのそばへ行った。

「はい。パーシー、あなたのがさいごよ」

「ふん。どうせ、ひどい点なんだろ?」

「なんていったらいいのか、わからないわ」先生はいった。

パーシーは鼻をかるくすすった。

「先生、なにもいわなくていいよ。どんなにひどいか、わかってる。返してくれれば、それでいいんだ」

すると、先生はパーシーにテストをさしだした。

「わたしは、とってもうれしいって、いいたかったの。満点《まんてん》よ。ぜんぶ、あってるの!」

パーシーはテストをおもてに返すと、じっとながめた。先生の大きな赤い字で、「おめでとう」と書いてある。金色の星の絵もついていた。

「先生、ありがとう」パーシーはいった。

「わたしにお礼をいうことはないわ。あなたががんばったからよ。でも、ひとつだけ、わからないことがあるの」

「なにが?」

「計算はみんなあってるのよ。でも、どうしてひとつひとつの数字に、クローネとかエーレとか、

お金の単位《たんい》が書いてあるの？　リットルとかメートルとかじゃなくて」

「ああ、それ。ウルフのせいだよ。あいつのおしえかたが悪かったんだ」


その日、パーシーは一日じゅう、そわそわしていた。いっこくもはやく家に帰って、パパにテストをみせたかったんだ。

でも授業《じゅぎょう》がおわると、パーシーは校庭でぼくをまっていた。そしてぼくの手をにぎると、はげしくゆすった。

「ありがとう、ウルフ。おまえがいなかったら、おれは天才にはなれなかった」

「お礼をいわれるほどのことじゃないよ」

「ううん、ほんとうにありがとう。これで、おれはほんものの実業家になれる。とうさんの計算をてつだってあげられる。とうさん、きっとびっくりするだろうな！」

「もちろん。すごくよろこぶと思うよ」

「うん。おれのうちへくる？」パーシーは目をきらきらさせた。

「きょうはいいよ。それより、はやく帰りなよ」ぼくはいった。

パーシーがいそいでいるのを知っていたし、それに、ちょうどマリアンヌがこっちにくるのがみえた。

「じゃあ、また、あしたな！」パーシーはそういうと、いちもくさんにかけていった。

いれかわりに、マリアンヌがやってきた。肩《かた》にかけたカバンがぶらぶらゆれている。

「ねえ、ウルフ。いっしょに帰らない？」

「うん、そうしよう」

ぼくたちは、まっ青な空の下を歩いていった。

ぼくは、しあわせをかみしめていた。

マリアンヌがとなりを歩いている。いちばんだいじな友だちをたすけることもできた。ぼくは、だれにでも催眠術《さいみんじゅつ》をかけられるんだ！

ベルク通りまでくると、マリアンヌはうでをからませてきた。

いい気分だ。でも、まずい気もする。だれかにみられたら、「女たらし」とからかわれてしまう。

「このまえは楽しかったわ」マリアンヌはいった。

「うん」

「また催眠術《さいみんじゅつ》をかけてくれるって、やくそくしたわよね。いま、かけてくれる？」

「じゃあ、いそごう。もうすぐ夕食の時間だから」

ぼくたちは公園へ行った。

池の前をとおると、小さな子どもたちがキャーキャーいいながら、おもちゃのボートをうかべたり、水をひっかけあったりしていた。

ぼくたちは大きなカエデの木の下で立ちどまった。

葉っぱが風にゆれているから、ふたりの声はだれにもきこえない。

「ここに横になるの？」マリアンヌがきいた。

「ううん、そんなひまないよ。立ったままでいい」ぼくはいった。

マリアンヌはふとい木のみきによりかかった。

ぼくが二十までかぞえると、マリアンヌの目はひとりでにとじた。

「このまえとおなじことでいいね」

「ちがうことがいいわ」マリアンヌは夢《ゆめ》をみているような声でいった。

ぼくはマリアンヌのきれいな顔をみつめた。目の間にある小さなしわ。ぼくとキスしたくちびる。

急に、ぼくはマリアンヌのことがかわいくてたまらなくなった。犬とおんなじくらいに！

「そうだ！」ぼくはひらめいた。「あなたはもうすぐ、金髪《きんぱつ》で、ほっぺたのまるい、もものふとい男の子に恋《こい》をする」


夜になると、ぼくは書斎《しょさい》の長いすにねそべった。

パパのつくえはマホガニー製《せい》。つやつやひかるとびらに、顔がうつっている。鏡《かがみ》みたいだ。

わらっているのは、金髪《きんぱつ》で、ほっぺたのまるい、もものふとい男の子。キスしたことを考えると、だれでもにんまりしてしまうものなんだ。

ぼくは、くちびるをぺろりとなめた。

いまやぼくは、こわいものなし。だれにでも思いどおりに催眠術《さいみんじゅつ》をかけられる！

ぼくはおきあがり、つくえのそばへ行った。

パパが黒いヘッドホンをかぶり、灰色《はいいろ》のカーディガンを着て、すわっている。

ぼくはかがんで、パパの目を正面からのぞきこんだ。

こんなにじっくり、パパをみるのははじめてだ。

パパの目はいろんな色になる。黄色、茶色、緑。まん中の黒いひとみには、ぼくがうつっている。けっこう、きみが悪い。

「なんだね？　なんで、そんなにじろじろみるんだ？　どこか具合でも悪いのかね？」

「ううん。そんなことより、あなたはどんどんねむくなる。ねむくなる……」

「なんだと？」パパはヘッドホンを頭のうしろにすべらせた。

「もう、目をあけてはいられない。二十までかぞえたら、あなたはあっというまに、ねむりにおちる」ぼくは、ゆっくりとかぞえはじめた。

パパはじっとぼくをみつめている。なにがおこったのかと思っている目つきだ。

でも、ぼくは気にせず、つづけた。

「そう。あなたは目がさめると、ぼくに犬を買ってあげたくてたまらなくなる」

「しっ！」パパはダイヤルをまわした。

「コリーがいい。ニューファンドランドでもいい。ゴードン・セターでもいい」

すると、パパはためいきをつき、無線機《むせんき》の電源《でんげん》を切った。まゆをひそめている。催眠術《さいみんじゅつ》がちっともきいていないみたい。

「ウルフ、いいかげんにしなさい。おまえの悪ふざけのせいで、今夜はせっかく楽しみにしていた相手と交信《こうしん》できなかった」

「楽しみにしていた相手って？」

「王子さまだ」パパはぶすっとして、いった。「サウジアラビアの王子タラル・アル・サウドさま」

ぼくはベッドに横になると、かべの犬の写真をながめた。『犬とスポーツ』という雑誌《ざっし》から切りぬいては、がびょうでとめておくんだ。

しばらくすると、パパがおやすみをいいにきた。

ぼくはきいてみた。

「ねえ、パパ。二十までかぞえたとき、すこしもねむくならなかった？」

「ならなかったね」パパはまだ、きげんが悪いみたいだ。

「ぼくに犬を買ってあげたいとは思わない？」

「ぜんぜん」

「おかしいいな。もう、行っていいよ」

パパはぼくのほっぺたにかるくキスすると、にいちゃんにもおやすみをいいに行ってしまった。

ぼくはひとり、ベッドに横になったまま、風がゆらす木の音をきいていた。

……催眠術《さいみんじゅつ》の力がなくなったんだ。いっぺんにつかいすぎたからだろうか？　犬は買ってもらえそうにないや。でも、ま、いいか。マリアンヌにはかけられたんだし。なんてったって、いちばんだいじな友だちの役にたったんだから！

7 いごこちを悪くする方法《ほうほう》

つぎの日、パーシーはちこくしてきた。

なんだかとてもねむたそうだ。きっと夜おそくまで、パパの計算をてつだっていたんだろう。

けれども休み時間になっても、パーシーは席《せき》にすわったままだった。外へ行く元気もないみたい。

ぼくはパーシーのそばへ行った。

「なんだか、つかれてるみたい」

「ああ。そうみえる？」

「うん。目の下が黒くなってるもの。大きな取引《とりひき》にそなえて、夜中まで、パパをてつだってたの？」

「ねむれなかっただけさ」

「うん。ほんとうにうれしいときは、ねむれないも

のだよね。ねえ、パパ、なんていってた？　算数のテスト、びっくりしただろうな」

「いまは、話したい気分じゃないんだ」

「じゃあ、昼休みに話そう」ぼくはいった。


午前ちゅうの授業《じゅぎょう》がおわると、みんなは先をあらそって教室をとびだしていく。食堂《しょくどう》で給食《きゅうしょく》をいそいで食べて、それから売店へおかしを買いにいったり、グラウンドでサッカーや騎士《きし》ごっこをしたいからだ。

騎士《きし》ごっこは、ふたりずつ組になってする。ひとりが馬で、もうひとりが騎士《きし》。馬が騎士《きし》をおんぶして、さいごの一組になるまで、おしあいへしあい、たたかうんだ。

ぼくはいつもパーシーと組む。ぼくが馬で、パーシーが騎士《きし》だ。パーシーは強くて、ほかの騎士《きし》をどんどん馬からひきずりおろしてしまうから、ぼくたちは騎士《きし》ごっこが大すきだった。

けれども、きょうはふたりとも、ちっともいそがなかった。ゆっくりとした足どりで、食堂《しょくどう》へ歩いていった。

「パパ、どうだった？　パーシーが実業家になれるって、いってた？」歩きながら、ぼくはきいた。

「実業家にはなるな、ってさ」

「えっ？　だって、算数のテスト、満点《まんてん》だったじゃないか」

「ああ。とうさんにみせたよ。でも、実業家にはなるもんじゃないって。世の中でいちばんよくない職業《しょくぎょう》だっていわれた」

「どうしてそんなことというの？　大きな取引《とりひき》がもうすぐあるんでしょ？」

「あれはだめらしい」パーシーは校庭のアスファルトに視線《しせん》をおとした。

「きっと、うまくいくよ」

「ううん、だめさ。この町には、とうさんからブラインドを買う人はいないんだ。どの家にも、もうブラインドはあるから。だから、おれたち、もうすぐ、べつの町へひっこすんだ」

「パパの気がかわるかもよ」

ぼくはそういってみたけど、パーシーはあきらめているようすだった。これまでにもなんどもひっこしたことがあるから、ひっこす時期がくるとわかるんだって。

おまけに、パパの商売は赤字らしい。取引《とりひき》がうまくいくと思って、ママが毛皮のコートを買ってしまったんだ。毛皮のコートはママの長いあいだの夢《ゆめ》だったから。ここ二、三日、パパがぶあつい地図をながめていたのは、ひっこす先を考えていたからなんだって。

「ただひとつの方法は……」食堂《しょくどう》の入口で、パーシーはいった。「おまえがとうさんに催眠術《さいみんじゅつ》をかけるしかない。そうすりゃ、ひっこさなくてすむ」

ぼくはうつむきながら、パーシーをみた。

「ごめん。もう、できないんだ。きのうで、催眠術《さいみんじゅつ》の力はなくなっちゃった……」

「ほんとか？」

「うん。ほんとうに、ごめん」ぼくはいった。

パーシーはだまりこんだ。ぼくもだまった。

ぼくたちは、だまったまま食堂《しょくどう》の列にならんだ。

ほそながいテーブルのはじの席《せき》についても、しばらくのあいだキャベツの煮《に》こみをみつめていた。

それから、パーシーはしゃべりだした。
「なじんじゃいけなかったんだ。わかってたんだ。なじんだりしたら、あとでめんどくさくなるだけだって。なのに、この一年、すっかりなじんじゃったんだ……。
この町に長くいすぎたんだ。いままでは、すぐひっこしてたのに。おれがチラシを郵便受《ゆうびんう》けにくばる。とうさんがブラインドを売る。お客がいなくなったら、べつの町へひっこす。それだけのことだったのに。友だちなんかいなかったし、先生も悲しまなかった。
けど、こんどはちがうんだよな。兄弟みたいなおまえと知りあっただろ。毎日があんまり楽しい

もんだから、そのうちひっこすんだってこと、すっかりわすれてた。計算もできるようになったし」

「うん。催眠術《さいみんじゅつ》さえつかえたら、なんとでもなるのに……。これからなにしようか？」

ぼくがいうと、パーシーはちょっとのあいだ考えた。

「いごこちが悪くなるようにする。そうしないと、転校なんかできやしない！」パーシーはフォークでキャベツをつついた。

それから急に立ちあがると、外へとびだしていき、ヨーランの頭から制帽《せいぼう》をひったくった。

「なにすんだよ？」ヨーランはさけんだ。

パーシーは帽子《ぼうし》をふみつけた。

「どうしてさ？　友だちなのに」

パーシーはなにもこたえない。なにもいわずに行ってしまった。

「あいつ、どうしちゃったの？」あとからおいついたぼくに、ヨーランはきいた。

ぼくは帽子《ぼうし》をひろい、よごれをはらった。

「どうしたのさ？」ヨーランといっしょにいたウッフェも、ふしぎがった。

「わからない？　そうしたくないから、そうしたんだよ」ぼくはいった。

「ふーん、そういうことか」ヨーランは耳をかいた。

「うん。パーシーはもうすぐ転校するんだ。だから、みんなでやさしくしてあげなくちゃ」

学校から帰るとき、みんなはパーシーにやさしかった。

ウッフェは自転車をかしてあげるといったし、ヨーランはもう一度、帽子《ぼうし》をふんづけてもいいよ
といった。

ぼくはみんなでうちへきて、ママのやいたパンを食べてから、気絶《きぜつ》する練習をしようといった。

でも、パーシーは首を横にふった。

「だめだめ。そんなことしたら、もっといごこちよくなるじゃないか！」

だから、その日の午後は、ヨーランとウッフェとぼくの三人だけであそんだ。パーシーが転校し
てくるまえは、いつもそうだったように。

ぼくたちはウッフェの家のうらの松《まつ》の木にせんたくロープをはり、つなわたりの練習をした。

ヨーランの庭のスプリンクラーのまわりでとびはねて、洋服をびしょびしょにした。

ぼくたちはわらいころげ、はしゃぎまくった。でも、どこかむりしている感じだった。

いままでとはちがう。

まだひっこしてないけど、パーシーがいないとさみしいと、ぼくたちはもう思いはじめていた。

8 王子さまがやってくる！

毎日はすぎていった。

パーシーはこの町をわすれるための努力《どりょく》をつづけた。

校庭の〈木登り禁止《きんし》〉の大きなカシの木にひとりでぶらさがったり、小さな子どもたちの帽子《ぼうし》をひったくったり。できるだけたくさんの人と、なかが悪くなるようなことばかりした。

月曜日、工作の時間に、パーシーはトンカチで親指をたたいた。

火曜日、みんなのきらいなフィッシュボールを、給食《きゅうしょく》のおばさんに山もりよそってもらった。

席《せき》につくと、パーシーは青白い、ぶよぶよしたフィッシュボールをにらみつけた。

「ちぇっ、この世でいちばん、オエッとくる食べものだ」

「うん、そうだね」ぼくはいった。

パーシーは一こめのフィッシュボールにフォークをつきさすと、顔の前にもっていき、鼻をつま

んだ。そして「よーし」と気合いをいれて、食べはじめた。

一口かむごとに、つばをごくんと飲みこむ。胃《い》ぶくろにおさめたフィッシュボールが口にもどってこないようにするためだ。

パーシーはもそもそと、昼休みがおわるまで食べつづけた。

食べおわったときには、パーシーの顔がフィッシュボールみたいになっていた。

「お、おかわり！」パーシーはくるしそうにいうと、いすからこしをあげた。

「やめなよ。食中毒《しょくちゅうどく》で死んじゃうよ」ぼくはパーシーをひっぱり、もう一度いすにすわらせた。

「ううっ、そうだな。こんなに気持ちが悪いのは、はじめてだ」パーシーは両うででおなかをおさえて、からだを前にうしろにゆすった。十五分くらい、ずっとそうしていた。

けれども、ぼくといっしょに教室へもどるとき、パーシーは満足《まんぞく》したような、にやにやわらいをうかべていた。

「これでいいんだ。おれは気持ちが悪い。こんな学校、もうきたくなくなった!」

教室へもどると、みんなはつくえの中をかたづけていた。

けしゴムのかすをとりだし、クレヨンを箱《はこ》にもどし、本をきちんとかさねる。

でも、パーシーはやりたがらなかった。そんなことをしたら、ひっこしのかたづけを思いだしてしまうから。だからひとりで、まどの前に立っていた。

鼻をガラスにむけて、肩《かた》で息をしながら、ぼくたちとあそんだ校庭をながめている。そのむこうには、ひろいあき地がある。

いつだったかブレンボールをしたとき、パーシーがかっとばしたボールは、すーっとむこうがわのしげみにきえていった。

そのずっとむこうに、となり町。そして、そのまたずっとむこうに、パーシーがひっこす町があるんだろう。

パーシーはときどきうなりながら、おなかをさすった。

すこしすると、ベッラが手をあげた。

「先生。つくえの中をかたづける時間なんでしょ？」

「そうよ」

「なんで、パーシーはやらないの？　一日じゅう、まどの前につっ立っててもいいわけ？」

先生はパーシーに目をやった。パーシーのえりあしをみつめている。

「そうね。パーシーはすきなだけ、立たせておいてあげましょう」

そのとき、とつぜんパーシーがまどガラスをなぐりつけた。ガラスがわれて、こなごなにくだけちった。

教室の中はしずまりかえった。

先生はパーシーのそばに行き、まどぎわからひきよせた。

「あらあら。パーシー、なにを考えてたの？」

「ひっこす町のことさ」

すると、先生はパーシーの頭を自分の胸《むね》におしあ

て、かた手でえりあしをなでた。

「先生、おこらないの？」パーシーはきいた。

「おこらないわ。これは、ぐうぜんの事故《じこ》です。ぐうぜんの事故《じこ》というのは、だれでも遭遇《そうぐう》するものよ」

すると、パーシーは先生の手をふりほどいた。いまにも、なきだしそうな顔をしている。

「どうして、おれにやさしくするんだよ？　なんで、どなって、髪《かみ》をつかまないんだ？　ほかの先生はみんな、そうしたのに！」パーシーはそうさけぶと、教室からとびだしていった。

先生はわれたまどの前に立って、パーシーがおなかをおさえながら、校庭をかけぬけていくのをみつめていた。


その夜、ぼくは自分のへやでじっとしていた。

でかける気分じゃなかったんだ。

マリアンヌにさえ、会いたくなかった。「いっしょに原っぱをさんぽしない？」と、さそわれてはいたんだけど。とてもキスするような気分じゃなかった。

ぼくの頭は、いちばんだいじな友だちのことでいっぱいだった。パーシーのために、なにかでき

ることはないだろうか。

でも、なにも思いつかない。かわりに、ぼくは宿題をした。

そうこうしているうちに、夜食のココアの時間になった。

パパは時間にきびしい。食事やお茶の時間には、家族みんながきちんとそろわなければいけないと思っている。それが子どものしつけにたいせつだと、本に書いてあるんだ。

でも、きょうのパパはいつもより二十分おくれて、書斎《しょさい》からあがってきた。無線《むせん》でだれかとしゃべっていたらしい。

両がわの髪《かみ》が耳の上でぴんとはねている。天使のつばさみたい。顔はネクタイとおなじように、まっ赤だ。

「愛《あい》する家族よ。きょうは、とくべつな日だ」

「なにがあったんですか?」ママはきいた。

「たったいま、サウジアラビアのタラル王子と交信したところだ」パパはそういうと、ママのほっぺたにキスをした。

「まあ、それはうれしいこと。王子さまは、なにかお

っしゃったの?」

「『そちらの天気はどうか?』とたずねられた。『天気は良好《りょうこう》、風はあたたか』と、おこたえしたよ」

「お天気についてたずねてくださるなんて、さすがほんものの王子さまね」

「ほかにはなんにも話さなかったの?」にいちゃんがきいた。

すると、パパはきんちょうしたおももちで、サンドイッチを一口かじった。飲みこむまえに、なんどもかんだ。ココアを一口、飲んだ。なんだか、もったいぶっている感じだ。

「話しましたよ」パパはすこし、まをおいてからいった。「なにを話したか、あててごらん」

「わからないよ。ねえ、なんていったの?」にいちゃんがまた、きいた。

「『そちらへ行く』とおっしゃった」

「そちらって、このスウェーデンへ?」こんどは、ママがきいた。

「そう、スウェーデンのこの町へ」パパはとくいになって、つづけた。「この町のこの家へ。王子さまは『ほんもののスウェーデン人のアマチュア無線家《むせんか》と会いたい』とおっしゃっておられる」

「いつですか?」ママはもう一度きいた。

「それをきくのをわすれた。とにかく、『うちで〈晩《ばん》さん〉でも』と、もうしあげておいたよ」

「まあ、なんてことを!　なにをごちそうしたらいいっていうの?」

「なんとかなるって」パパは明るくいった。「ポークビーンズなんか、おいしくていいんじゃないか？」

「リンゴのさとう煮《に》もね」ぼくもつけたした。

すると、ママはトイレへ行ってしまった。

ぼくも、へやへもどった。

パパとにいちゃんは、家じゅうの時計のねじをまきはじめた。

⑨ やっとその気になってきた

パーシーは学校がおわっても、めったにぼくたちについてこなくなった。いっしょに楽しいことをするのをおそれているんだ。

でも、ある日、ぼくはパーシーをさそった。

「射撃《しゃげき》でもしない？　つまらないから、いや？」

「ああ、おれはへたくそだからね。射撃《しゃげき》なんて、大きらい……」パーシーはそういったけれど、ぼくたちについてきた。

ヨーラン、ウッフェ、パーシー、ぼくの四人は、ビョルネのあき地めざして、歩いていった。

頭の上でお日さまがさんさんとかがやいている。パパが診療室《しんりょうしつ》でつかう、だっしめんみたいな白い小さな雲がながれていく。

ぼくたちは、映画館《えいがかん》と薬屋さんとポンプに赤い字でモービルと書いてあるガソリンスタンドの前をとおった。

自動車修理工場《しゅうりこうじょう》の前で、足をとめた。

こわれたフォードがとまっている。その横には、フロントのへこんだドイツのＤＫＷ。

「ＤＫＷって、どういう意味？」パーシーがきいた。

「なんだったかなあ。わすれちゃった」ヨーランがいった。

「『ダーリン、かんじる、わっはーん』じゃない？」

パーシーがいうと、みんなはどっとわらった。

もちろん、ぼくもわらった。ほんとうは、よく意味がわからなかったんだけど。

でも、パーシーが冗談《じょうだん》をいったんだから、わらわないわけにはいかない。ぼくたちは、あごがはずれるくらい口をめいっぱいあけて、わらいつづけた。

パーシーはオペルをみつけると、そっちへ行ってしまった。

ぼくもあわてて、あとをおった。

「なあ、ウルフ」オペルをながめながら、パーシーはぼくにきいた。「もし、いま、おれがここにいなかったら、おまえ、なにしてる？」

「さあ。たぶん、マリアンヌとケーキを食べに行ったんじゃないかな。『いっしょに行かない？』

って、さそわれたから」

「ふーん、そうだったのか」

「でも、マリアンヌには『またべつのときに』って、いっておいた。『いまはだれよりも、パーシーといっしょにいたいから』ってね」

ムンク通りまでくると、ラッセがお日さまにせなかをむけて立っていた。たてかけた板を相手に、シャドー・ボクシングをしているんだ。足をこまかくうごかし、パンチをくりかえす。首のうしろに、あせをかいているのがみえる。

「やあ、ラッセ。手の具合はどう？」

ぼくが声をかけると、ラッセはふりむいた。でも、なにもいわない。

「『おっす、チビども』って、きょうはいわないんだ？」パーシーがきいた。

「いわないよ」ラッセは鼻をフンと鳴らした。

「おれたちをなぐったりしないの？」パーシーはまたきいた。

「おれさまをばかだと思ってるのか？　また催眠術《さいみんじゅつ》にかけられて、たんこぶをこしらえるとでも？」

「やっぱり、ばかだ」

「なに？」

「ばかだっていったんだよ」パーシーはにやっとわらった。「ほんとうに、ブタよりばか。どうしようもないばかだって、まえからいおうと思ってた」

ぼくはパーシーをひっぱろうとしたけれど、ラッセはもうパーシーのシャツをつかんで、ゆさぶっていた。

「いいか。ウルフのやつが催眠術《さいみんじゅつ》さえできなければ、おまえにおしおきするところだ」

「ウルフはもう、催眠術《さいみんじゅつ》なんてできないさ」パーシーはいった。

すると、ラッセはパーシーのあごをなぐった。

パーシーはくずれおちた。

ぼくはいそいで二十かぞえて、「あなたはだんだんねむくなる」といった。でも、なんの役にも

たたなかった。

ラッセは顔をかがやかせて、パーシーのおなかの上にまたがった。

「ハハハ、ざまあみろ！　ウルフ、おまえ、もう催眠術《さいみんじゅつ》をかけられないんだな。パーシーのいったとおりだ。さあ、くやしかったら、ほかのことで、おれをぎゃふんといわせてみせろ！」

「アラビアの王子さまがうちにくるんだ」ぼくはいった。

ラッセは、ぼくをにらみかえした。

「また、うそをつく気だな。むかつくやつめ！」

「うそなんかじゃないよ。ほんとうだってば。かけてもいい」

「よし。アラビアの王子がこなかったら、おまえをサンドバッグがわりにしてやる。催《さい》眠術《みんじゅつ》につかった、あの金の懐《かい》

中時計《ちゅうどけい》もいただくぞ」

「時計？　あれはだめかも。パパのいちばんいい時計だから。死んじゃったロシア人の時計屋さんがつくったものなんだ」

「やくそくできないなら、またこいつをなぐるぞ」ラッセは右手をあげた。

「わかった。もう、やめてよ。そのかわり、王子さまがきたら、もう二度とぼくたちをなぐらないって、ちかって。王子さまがくるまえも」

するど、ラッセはパーシーのおなかから立ちあがった。ズボンの土をはらい、手をさしだし、親指をたてて、ぼくの親指にくっつけた。ちかいのしるしだ。

ボクシングのグローブと親指のちかいをしたのは、はじめてだ。

ラッセは、のしのしと行ってしまった。

「だいじょうぶ？」ぼくはパーシーをのぞきこんだ。

「いてえよ。からだじゅう」パーシーはうめきながら、地面から立ちあがった。

「どうして、ほんとうのこと、いっちゃったの？　催眠術《さいみんじゅつ》はもうできないなんて」

「おしおきをうけるためさ」パーシーは血だらけのくちびるでほほえんだ。「これで、いいんだ。おれ、ほんとうにひっこしたくなったよ」

射撃《しゃげき》はとりやめになった。パーシーが家に帰って、荷《に》づくりをはじめるといいだしたから。

「それにしても、ウルフ。おまえのうそはすばらしかったぞ。アラビアの王子とはよく思いついたもんだ。ラッセのやつ、ほんとうにびっくりしてたもんな。でも、おまえ、あとで後悔《こうかい》するぞ。まちがいない」パーシーはそういうと、よろよろしながら歩きだした。

ぼくは、パーシーのうしろすがたをみおくった。


その日の夕食は、マカロニ・グラタンだった。

表面がまっ黒にこげたグラタン。ママがオーブンからだしわすれたんだ。

このごろ、ママは考えごとばかりしている。それに、いろいろといそがしい。

家じゅうのカーテンをとりかえた。まどわくや手すりのほこりをていねいにふきとった。シャンデリアをみがき、ぶあつい料理の本を読んだ。

いま、ママは両手をひざにおいて、こげた料理をじっとみつめている。

「だいじょうぶ」パパは大きな口をあけて、かじりついた。「なかなかいける。どうだね、子どもたち?」

「う、うん。歯ごたえがあるっていうか」にいちゃんはいった。

でも、ママはにこりともせず、ためいきをついた。

「なにをいっても、だめ。おこげはおこげなんだから。王室そだちの方にごちそうするものなんて、あたしにはできないわ。もしも、王子さまがいらしたときに、失敗《しっぱい》しちゃったらどうするのよ？」

「心配するな。そのときは、そのとき。急にこられなくなるかもしれないし」

「こなくちゃ、こまるよ」ぼくはいった。

「とにかく、あなた。無線《むせん》で王子さまをつかまえてくださいよ。何月何日におみえになるのか、ちゃんときいてください」

ママにいわれて、パパは「はいはい」と返事した。

それから、しばらくのあいだは、だれもなにもいわなかった。

パパのほっぺたの内がわから、バリバリかむ音がする。

ママは中指をこめかみにあてている。もうすぐ偏頭痛《へんずつう》がはじまるんだ。

ぼくは、みんなを明るくさせたいと思った。

「ねえ。おもしろい話がききたい？」ぼくはきりだした。

「くだらない話なら、いらない」にいちゃんがいった。

「くだらなくなんかないよ。友だちはみんな、大わらいしてたもの。ＤＫＷって、どういう意味だか知ってる？」

「知らないわ。どういう意味？」ママがきいた。「たしか、エスキルさんの車がそうよね。なんていう意味なの？」

「ダーリン、かんじる、わっはーん」ぼくはいった。

とたんに、パパはおこりだした。

「ウルフ！　二度と家の中で、そういうことを口にするんじゃない！　自分のへやへ行って、どんなばかなことをいったか、反省《はんせい》しなさい」

外が暗くなったころ、にいちゃんが古いマンガをもって、ぼくのへやへやってきた。今年になってから、にいちゃんはぼくにやさしい。

ぼくはブルーのパジャマに着かえて、ベッドに横になっていた。

「ウルフ。さっきは、おもしろかったぞ」

「パパとママには不評《ふひょう》だったけど」ぼくはためいきをついた。

「ばかだな。パパたちの前でいうなんて」

「みんなを楽しくさせたかっただけ。ほんとうは、どういう意味かも知らないんだ。ねえ、どういう意味なの？」

「なんだ、知らないのか。もうすこし大きくなったら、おしえてやるよ」かわりに、にいちゃんはベッドにこしをおろすと、サウジアラビアの王子さまについて、話してくれた。

「王子さまはすっごい金持ちで、すきなものをすきなだけ買えるんだ。おくさんはすくなくても二十人いるし、冷蔵庫《れいぞうこ》のついた、アメリカ製《せい》のでっかいリムジンにのっている。角をまがれないくらい胴《どう》の長い、ぴっかんぴっかんの車だ。それから、王子さまにたのみごとをすれば、なんでもすぐにかなえてくれるんだってさ」

「まさか」

「ほんとうさ」

「だれがいったの？」

「パパさ。スイッチの修理《しゅうり》をてつだったときにね。さ、もう、ねろよ」

「うん。おやすみ」ぼくは頭をまくらにのせ、目をとじた。

下のへやから、ママの歌声とピアノの音がきこえてくる。「日に日に、よくなっていく……」と、声をふるわせている。

ぼくはにやにやしながら、ねむりにおちていった。

砂漠《さばく》を走りまわるリムジンの夢《ゆめ》をみた。それから、たぶん、ほかにも……。

夜中に、にいちゃんがぼくをゆりおこした。

「ウルフ、どうした？　こわい夢《ゆめ》でもみたのか？」

「え？　べつに」ぼくは目をしばたたいた。

「へんな声をだしてたぞ」

「どんな声？」

「『ウー、ワンワン』」にいちゃんはいった。

10 マリアンヌの恋《こい》

ぼくが催眠術《さいみんじゅつ》をつかえないことは、あっというまに学校じゅうにひろまってしまった。オーケは「ロイ・ロジャースのブロマイドを返せよ」といってきたし、ベッラは「さいしょからインチキだったんだ」といいふらした。

「おまけに、こんどはアラビアの王子さまがくるなんていってら！　ハハハ」

ある日、ベッラが大声でいうと、みんなもぼくをわらった。わらいは、なかなかやまなかった。

「しずかにしろ！」パーシーがついにどなった。「おまえら、わらってないで、とっとと教室にはいれよ」

パーシーは、みんなをおいたてていった。

そこへ、マリアンヌがやってきた。

「気にすることないわ。あなたがうそをついてないって、あたし、知ってるもの。ねえ、きょうは、ひま？　あとでケーキ屋さんへ行かない？」

「うん、いいよ。どうせパーシーは荷《に》づくりがあるから、すぐに帰っちゃうだろうし」

「じゃあ、三時に。ケーキ屋さんの前でね」

「オッケー」ぼくはいった。

マリアンヌは走りだした。旗《はた》をあげるポールのところでふりむくと、ほほえみながらさけんだ。

「びっくりさせることがあるの。あなたがあたしに催眠術《さいみんじゅつ》をかけたせいよ！」

マリアンヌの大きな前歯が、お日さまにきらりとかがやいた。


さいごの時間は体育だった。

平均台《へいきんだい》がはじまると、パーシーとぼくはとび箱《ばこ》のうしろへ行って、こしをおろした。

オーケがゆかにおちた音や、先生のホイッスルがきこえる。

「きょう、なんか用ある？」ぼくは小声でパーシーにきいた。

「ああ。とうさんのてつだい。カーテンのレールをはずすんだ。もう、ひっこしまであまり日にちがないからな」

「そう、やっぱりいそがしいんだ。よかったら、ぼくといっしょにケーキ屋さんへ行かないかなと

思って。マリアンヌと会うんだ」

「そりゃ、楽しいじゃないか」

「うん。いっしょに行こうよ」

「やめとく。楽しいことはしたくないんだ。そろそろ、おれとおまえもいっしょにいないことになれないとな」

「そんなの、いやだよ」

「おまえにはマリアンヌがいるじゃないか」パーシーは、ぼくを元気づけるようにいった。

そのとき、ベルが鳴った。

みんなはいっせいに更衣室《こういしつ》へ走っていった。

パーシーだけは立ちあがろうともせず、まだ、とび箱《ばこ》によりかかっていた。


家をでるまえに、ぼくはデント・サルで歯をていねいにみがいた。

デント・サルは塩味《しおあじ》の、ちょっとオエッとくる歯みがきだ。だれかがパパに千こもただでくれたらしい。

それから、わきの下をあらい、髪《かみ》の毛にトニックをつけてとかした。

ズボンのしりポケットにさいふをいれた。

準備《じゅんび》はカンペキだ。

ぼくは老人《ろうじん》ホームの生けがきにそって歩いていった。駅の時計が三時十五分まえをさしている。

そこで左にまがり、だれもいないラグビー場を通りこした。

ソッケン通りをまっすぐ行くと、マリアンヌがケーキ屋さんの前に立っているのがみえた。

ケーキ屋さんの赤いネオンの文字が、マリアンヌの頭の上でひかっている。マリアンヌも、髪《かみ》をとかしてきたみたい。とてもきれいだ。

半そでのアンゴラセーターにスカート。こしには、ゴムのベルトをしている。

「ウルフ、中へはいらない？」

「うん」

ぼくがうなずくと、マリアンヌはぼくの手をとり、店の中へはいった。

ガラスケースには、色とりどりのケーキやパンがならんでいた。

「きょうは、なににするの?」青い髪《かみ》の毛の、白いエプロンをしたおねえさんが、ガラスケースのむこうからマリアンヌにきいた。

ぼくはマリアンヌのほうをむいて、ポケットからさいふをとりだした。

「すきなのにしていいよ。きょうは、ぼくのおごり」

「どれにしようかな……」マリアンヌはつぶやいた。すぐにはきめられないみたいだ。

若草色《わかくさいろ》のマジパンでコーティングしたプリンセス・ケーキ。うすくけずったチョコレートがのっているスイス風ケーキ。フルーツたっぷりのクリーム・ケーキ。

「やっぱり、プリンセス・ケーキがおいしそうね」

「じゃあ、それをふたつ」

「三つじゃ、だめ?」マリアンヌはぼくをみて、わらった。

ぼくたちは、まどぎわの席《せき》についた。テーブルに植木ばちの花がかざってある。

ぼくはケーキがすぐになくならないように、こまかく、こまかく切りきざんだ。このしあわせな時間がいつまでもつづくといいと思って。

マリアンヌもおんなじことを考えているみたいだった。

ぼくが注文してあげたまっ赤なサイダーをちびりちびり飲んでいたし、ふたつならんだケーキのかたほうをフォークの先でつついていたから。

目はちらりちらりと、まどの外をみている。

ぼくは、なにかかっこいいことをいわなくちゃと思った。マリアンヌにつまらない子だと思われたくない。

「ここのケーキはなかなか、いけるね」ぼくはいった。

すると、マリアンヌはまどから目をうつし、ぼくの目をのぞきこんだ。ほっぺたがコップの中であわだっているサイダーのように赤い。

「あー、あたし、しあわせ！」

「ぼくもだよ」

「あなたに会えて、ほんとうによかった。おぼえてるでしょ？　あなたがあたしにどんな催眠術《さいみんじゅつ》をかけたか」

「うん、おぼえてる。金髪《きんぱつ》で、ほっぺたのまるい、ものふとい男の子に恋《こい》をする」

「そう。あなたのいうとおりになったのよ。あたし、恋《こい》してるの！」

ぼくはそのとき、犬をほしいと思っていた自分をわすれた。そして思わず、植木ばちのとなりにあったマリアンヌの手をにぎりしめた。

あまりにうれしくて、耳があつくなっているのがわかる。

ぼくはくちびるの生クリームをひとなめすると、からだを前にたおして、マリアンヌの口にそっと近づけた。

すると、マリアンヌはあいている手をあげた。

「彼《かれ》よ」

「え？」

「あたしの彼《かれ》」マリアンヌは店にはいってきた男の子をゆびさした。

たしかに金髪《きんぱつ》で、ほっぺたがまるい。半ズボンからはみだしたももは、ぼくのよりふとい。

「ね、ステキでしょ？　アーネっていうの。プードルを飼《か》っていて、あたしたち、いつもいっしょにさんぽにつれていくの。どうしてもウルフに紹《しょう》介《かい》したかったの」

「そりゃ、どうも」ぼくはいった。

アーネはすぐに、テーブルの下にふといももをつっこんできた。

マリアンヌは、手をつけていなかったケーキをおさらごとアーネの前にすべらせた。

「どうぞ。これ、ウルフのおごりよ」


家へ帰ると、ママはレンジ・フードをみがいていた。

ピアノはもう、すんだらしい。午後の日ざしをうけて、ぴかぴかにひかっている。

家じゅうのマットはまるめて、ベランダにだしてあった。

「ウルフ、マットのほこりをたたいてくれないかしら？　ママは、そのあいだにガラスをふいてしまうから」

「うん、いいよ」ぼくはいった。

ひとりでいるより、ましだった。うしろにはママがいて、キイキイ音をたてながら、まどガラスをふいている。

ぼくはふとんたたきでマットをビシバシたたいた。ばくちくみたいな音だ。

アーネの顔やふといももを思いうかべると、ますます力がはいった。

人生は不公平《ふこうへい》だ。アーネには犬がいる。マリアンヌはアーネと話すとき、しあわせそうなほほえみをうかべる。

「ずいぶんいっしょうけんめい、たたいてるじゃないの。きょうは、とってもいい子ね」ママはいった。

「王子さまがくるんだもの。きれいにしとかないとね」ぼくは目にたまった涙《なみだ》をふいた。ほこりがはいったんだ。

すると、ママはガラスをふく手をとめて、いった。

「もう、おみえにならないみたいなのよね。きのう、パパが無線《むせん》でお話ししたら、スウェーデンにはいらっしゃるけれど、うちにくる時間がとれないって、おっしゃったんですって」

「どうして?」

「さあ。王さまとか首相《しゅしょう》とかに、お会いになるからじゃない?」

「なら、なんで、そうじなんかするの?」

「習慣《しゅうかん》だからよ」

しばらくのあいだ、ママもぼくも口をきかなかった。

ママはガラスをみがきつづけ、ぼくはマットをたたきつづけた。

でも、ぼくのうでからは、すっかり力がぬけていた。ラッセのことを考えていたんだ。ラッセのことを考えたら、だれだってうでがだるくなる。

「でもね、ウルフ」そうじがおわると、ママはしみじみといった。「ほんとうのことをいうと、王子さまがこないことになって、ママはほっとしてるの。でも、パパにはないしょよ。それはそれは、がっかりしているから」

それから、ママとぼくは台所でミートボールをこねはじめた。

ぼくはミートボールをこねながら、パパのことを考えた。がっかりしたときの気持ちは、ぼくにもよくわかる。

「パパはどうしても、王子さまに会いたかったんでしょ？」

「そうね。あんなによろこんでいたんですもの。でも、あたしたちで、なにか気晴らしになることをしてあげれば、すぐに元気になるわよ」

「うん、そうだよね。ぼく、手をあらってくる」ぼくはそういって、台所をでた。

まずはパパたちの寝室《しんしつ》へしのびこみ、ドレッサーからママの顔色をよくするファンデーションと、まゆ毛をかくえんぴつをとった。

それから、トイレにこもった。がっかりしているパパのすがたを思いうかべながら……。悲しい目をして、へやの中をうろつくパパ。かわいそうに、この先、一週間はろくに口もきけないかも。

「ウルフ。食事ですよ。おりてらっしゃい」

ママに三回よばれて、ぼくはようやく満足《まんぞく》した。

からだには、クリスマスにおじいちゃんからもらっただぶだぶのバスローブ。頭にはタオルをかぶり、バスローブのひもをしっかりまきつけた。

顔は日やけしてみえるようにファンデーションをぬりたくり、まゆ毛のえんぴつで口ひげとあごひげをかいた。

ぼくは食堂《しょくどう》へおりていくと、ふとい声でいった。

「こんばんは。わたし、アラビアから直接《ちょくせつ》きました。みなさんにお会いするために」

「なに？」パパはコケモモのジャムのびんから顔をあげた。

「ちょうどいいときにきたようですな。〈晩《ばん》さん〉にまにあいました。光栄《こうえい》です。そちらが歯医者のスタルク氏ですな」ぼくは一歩、パパのほうにすすみでた。

パパはぼくの茶色い顔をじっとみつめた。それから、バスローブと頭のタオルに目をやり、いす

をひいて、立ちあがろうとした。

「すわったままでけっこう、けっこう。立つことはありません」ぼくはいった。

するとパパはいきなりドアをゆびさした。

「すぐに上へ行って、着かえてこい。二度と、そんなかっこうをするんじゃない！」

ぼくは、いわれたとおりにすることにした。でも、ドアの前でふりむくと、パパにむかっていった。

「気晴らしにいいと思ったんだ。生きているあいだに一度だけでも、パパを王子さまに会わせてあげたくて……」

11 やさしいにいちゃんが、ぼくをピアノになげとばす

木曜日、パーシーはみんながみまちがうようなかっこうで、学校へきた。まっ白いシャツに、赤地に白い水玉もようのネクタイをしめていたんだ。パパにかりてきたんだろうか。

髪《かみ》の毛もとかしてあって、リュックにはなにかおもそうな、角ばったものがはいっていた。

「きょうは、ずいぶんきちんとしてるのね。放課後《ほうかご》にパーティーでもあるのかしら？」先生はいった。

「べつに」パーシーはそのまま、席《せき》についた。

そして、書きとりの時間も地理の時間も、しずかにすわっていた。

さいごの時間はキリスト教だった。

先生は〈さいごの晩《ばん》さん〉について話しはじめた。キリストがおわかれをいうために、弟子《でし》たちをあつめ、いっしょに食事をしたという話だ。

とつぜん、パーシーが立ちあがった。

「先生。いいたいことがあるんだけど」

「なにかしら？」

「さよなら」

「え？　帰るの？」

「ちがうよ。もうすぐひっこすからさ。もう、この町へもどってくることはないし」

すると、先生はパーシーのネクタイをみつめた。なんていったらいいのか、わからないみたいだ。

「ひっこすって、いまじゃないでしょ？」

「あと二週間したらね。けど、いま、さよならをいっておくのがいちばんいいと思ってさ。あとになると、むずかしくなるから」パーシーはそういうと、教室を歩きまわって、ひとりひとりとあく手をはじめた。あく手しながら、頭をちょこんとさげた。

「さよなら、ヨーラン……。さよなら、ウッフェ……」

そして、さいごにぼくのところへやってきて、手をさしだした。でも、すぐにひっこめた。

「おまえとは、もうすこしあとにしよう。先生にさよならをいってくる」パーシーはすりきれたリュックから、箱《はこ》をとりだした。ピンクのリボンがむすんである。

パーシーは教室の前へ歩いていくと、先生のつくえに箱《はこ》をおいた。

「親切にしてもらったお礼だよ。いままでの先生はみんな、おれにつめたかったけど、先生はとくべつ」

先生は目をうるませた。パーシーのネクタイで涙《なみだ》をふいたほうがいいみたい。プレゼントをあける手がもたついている。

やっと、ふたがあいた。中のものがみえる。

電化製品《でんかせいひん》みたいだ。ピンクのプラスチックのフードとゴムのコードがついている。

先生は、それをぎゅっと胸《むね》にだきしめた。

「パーシー、ありがとう。あなたはほんとうにやさしい子ね。ところで、これ、なに？」

「ジャガイモの皮むき器だよ。ひっこしのにもつに、はいりきらなかったんだ。先生、気にいった？」

「ええ、とっても」

「よかった。先生にぴったりだと思ったんだ」パーシーは満足《まんぞく》げにいった。「イモの皮をむくときはいつも、おれのことを思いだしてくれよ」

「けっして、わすれないわ」先生は皮むき器をつくえにおくと、こんどはパーシーをだきしめた。

「先生、ほんとに気にいってたみたいだな?」郵便局《ゆうびんきょく》の坂をおりながら、パーシーはぼくにいった。

「うん。ほんとに」

「けど、かあさんは気にいらなかったんだよな。とうさんがせっかくクリスマスにあげたのに。音がうるさいっていうんだ」

「女の子のこのみは、わからないよ」

「ああ。けど、おまえはアイスクリームがすきだったよな」パーシーはそういうと、ぼくを近くの売店へつれていった。

そして、コーンにはいったアイスクリームをふたつ買った。いちばん大きくて、いちばんおいしいやつだ。

ぼくたちは日なたに立って、なにもいわずにアイスクリームを食べた。

キリストと弟子《でし》との〈さいごの晩《ばん》さん〉みたいに、おごそかな感じだった。

「さてと」食べおわると、パーシーはいった。「というわけで、再来週《さらいしゅう》の木曜日に、おれは遠くの町へひっこす」

ぼくはパーシーをみた。パーシーもぼくをみた。ぼくたちは、ちょっとのあいだ、みつめあった。

学校がおわってから、こんなふうにもう会えなくなることは、ふたりともわかりきっていた。それが、どんなに悲しいことかも……。

「アイスクリーム、ありがとう」ぼくはつぶやいた。

でも、ほんとうはこういいたかった。いろいろ、ありがとう。最高《さいこう》に楽しいことを、いっぱいいっぱい、ありがとう――。

ぼくたちは、べつべつの方向へ歩きだした。

ところがそのとき、売店のうしろからラッセがぬっとあらわれた。顔をまっ赤にして、ぼくにむけてグローブをはめた右手をふっている。

「おまえのことをずっとさがしてたんだ。おれをまた、だますつもりだったろ？　アラビアの王子なんて、こないじゃないか！　さあ、時計をよこせ！」

「ばかだな。くるにきまってるさ」パーシーがふりかえった。「王子さま専用《せんよう》の飛行機《ひこうき》がちょっと故障《こしょう》してるのさ」

「そ、そうだよ」ぼくもいった。

すると、ラッセはぼくたちをかわりばんこに、にらみつけた。

「ふたりして、まだうそをつく気か。よーし、つぎのつぎの月曜日までに王子がこなかったら、ど

ういうことになるか、おぼえとけ。おれはまた、右手にグローブをはめてくるからな」

「王子さまがくるのは、はやくて、つぎのつぎの土曜日さ」パーシーはいいかえした。

「だめだ。せいぜいまって、つぎのつぎの火曜日だ」

「じゃあ、つぎのつぎの水曜日ということで、どう?」

パーシーがもう一度いうと、ラッセは大きくうなずいた。そして、そのまま行ってしまった。

パーシーも両手をポケットにつっこみ、歩きだした。ふりむきもしなかった。

ぼくはつっ立ったまま、坂道をあがっていくさみしそうなせなかをみおくった。せなかはどんどん小さくなり、さいごに小さな点になった。

「パーシー! きみはかならず、りっぱな実業家になるよ! いつかかならず、人生をかけた大取引《おおとりひき》をやってのけるって!」ぼくはさけんだ。

ママにたのまれたハーブティーをもって書斎《しょさい》へおりていくと、無線機《むせんき》からザーザーと音がもれていた。

パパはつくえの前にすわって、地球儀《ちきゅうぎ》をぼんやりながめていた。ときどき、ためいきをつく。地《ち》球儀《きゅうぎ》をまわしては、青い海のどこかに、王子さまの飛行機《ひこうき》をみつけようとしているみたい。

「あれから、なんにもいってこないの?」ぼくはきいた。

「だれが?」

「王子さまだよ。ぜったいにこられない、とはいわなかったんでしょ?」

「そうだけどな」パパは鼻をすすった。「もう、いいんだ。もう、すんだことだ」

「ほんとに、もうこないの?」

「その話はやめよう。二度と口にしないこと。上へ行って、にいさんとあそびなさい」

ぼくはあきらめて、上へ行くことにした。

歩きながら、大理石のだんろの上でひかっている金の懐中時計《かいちゅうどけい》に目をやった。あれがなくなったら、パパはなんていうだろう。つぎのつぎの水曜日、ぼくはラッセにどんなめにあわされるんだろう。

階段《かいだん》をあがると、居間《いま》へ行った。

にいちゃんは花がらのひじかけいすにゆったりとすわって、家庭雑誌《かていざっし》の最新号《さいしんごう》を読んでいた。

「にいちゃん、ぼくに柔道《じゅうどう》をおしえてくれない？」

「なんで？」

「ボクシングのグローブをはめた、いかれたやつにおそわれるときにそなえて」

すると、にいちゃんは立ちあがった。まだ、マンガのページを読みおわっていなかったけど。

「よし。ピアノの前のじゅうたんで、特訓《とっくん》だ」

にいちゃんはねじり技《わざ》のプロだ。にいちゃんに指を一本ねじられただけで、うでがはずれそうになる。たちまち悲鳴《ひめい》をあげて、こうさんするしかないんだ。

足をはらうのもうまい。にいちゃんに足をはらわれた相手は、いきおいよくなげとばされる。

「いいか、ウルフ。相手の力を利用するんだ。これが原則《げんそく》。あとは、けいこだ。相手の力が強ければ強いほど、こっちには有利《ゆうり》なんだ」

「やったー！　ぼくの相手はめちゃくちゃ強いやつなんだ。さあ、おしえてよ。相手が鼻をめがけてきたら、どうするの？」

にいちゃんは、ていねいにおしえてくれた。

相手の手をつかみ、ひねる。あとはうでをひっぱり、せなかをつけば、相手は手ぶくろみたいにとばされる。

「じゃあ、いくぞ」

「うん」

けれど何回やっても、ぼくはにいちゃんの手をつかめなかった。そのたびに、にいちゃんの手は、ぼくの鼻すれすれでとまった。

「うごきがおそいんだよ。しょうがない。やってみせるから、右手でまっすぐ、おれの鼻をなぐれ！」

「あたっちゃっても、おこらない？」

「いいからはやく、やってみな」

ぼくは、ちょっとためらった。

「あーあ、あこがれのイタリアよ……」台所からママの鼻歌がきこえる。さっきからずっと、銀のフォークやナイフをみがいてるんだ。

ぼくは気をとりなおすと、右手に力をこめた。ブレンボールで女の子がボールをなげるみたいに、下からななめ上へと、うでをふりあげた。

ゴスッ。みごと命中した。

右手をおろすと、にいちゃんはペルシャじゅうたんの上にしゃがみこんでいた。

「あれ？」ぼくはつぶやいた。

「このばかやろう！」にいちゃんはうなった。

「おこらないって、いったよね？」

「いわない。『右のストレート』って、いっただけだ。いまのはアッパーカットじゃないか！」

「知らなかったんだ」

「なんにも知らないんだな」にいちゃんは鼻水をすすりながら、まっ赤になった鼻をさすった。

「よし、もう一回だ。いいか、右手で、まっすぐ。ストレートだ」

ぼくは右手でげんこつをつくり、まっすぐににいちゃんの鼻をねらった。

にいちゃんは、こんどはぼくの手をつかんだ。そしてあっというまに、ぼくのうでをねじあげ、せなかをついた。

ぼくは宙《ちゅう》をとんだ。

ふたのあいたピアノに着地したときには、すさまじい音が家じゅうにひびいた。

「こういうふうにするのさ。わかった？」にいちゃんはきいた。

ぼくは大きくうなずいた。

そのとき、ママがみがきたての銀のスプーンをもって、とびこんできた。

「あなたたち！　いま、なにかなげたの？　おねがいだから、パパのためにしずかにしててちょうだい。まあ！」ママはピアノのいすの下でのびているぼくに気がついた。「ウルフ、どうしたの？　おにいちゃんになぐられたの？」

「ちがうよ。にいちゃんはやさしいから、おしえてくれたんだ。ぼくがなかなかおぼえられないことを……」ぼくは木のゆかにのびたまんま、こたえた。

ママとにいちゃんはあきれて、行ってしまった。

ぼくはしばらくのあいだ、そのままのかっこうで、ラッセとマリアンヌとパーシーのことを考えた。

人生には楽しいこともあれば、悲しいこともあるんだということを……。

12 パーシーのパパに会う

ひっこし一週間まえの金曜日、パーシーは図画の時間に、とつぜんなきだした。

先生が「楽しかった夏の思い出を絵にかいてみて」といって、しばらくたったときだった。

ぼくは、とくいな犬の絵をかいていた。ゴードン・セターが鼻を空にむけているところだ。

ところが、ちょうどしっぽをかいたところで、鼻をすする音がきこえてきた。

ふりむくと、パーシーのほっぺたに涙《なみだ》がつたわり、ぽたぽたと画用紙におちていた。

教室の中はしずまりかえった。

ないているパーシーなんて、だれもみたことがない。おどろきのあまり、顔をひきつらせている子もいる。

校庭でころんで、ひざをすりむいたり、つくえのふたで指をはさんだりしても、パーシーはぜったいになかなかった。

「どうしたの？」先生はパーシーのそばへ行った。

「ちぇっ、なんでもない。夏のあいだの楽しかったことを思いだしただけさ」パーシーは鼻をフンと鳴らした。

「そうだったの」先生はパーシーの絵をもちあげた。おっぱいをまるだしにした女の人がふたり、芝生《しばふ》の上にねころび、日光浴《にっこうよく》をしている。老人《ろうじん》ホームではたらいているおねえさんたちだ。ぼくたちはよく、ウッフェのうちの道具置《お》き場《ば》のやねから、おっぱい見物をした。

「ほんとに楽しそううね」先生は画用紙をパーシーのつくえにもどした。

「けど、もう、おわりさ」パーシーは画用紙をたたみ、ポケットにつっこむと、シャツのそでで涙《なみだ》をふいた。

「どう？　すこしは気分がおちついた？」先生はやさしくきいたけれど、パーシーは「くそっ！」とさけんだとたん、ドアもしめずに教室からでていった。

先生は教壇《きょうだん》にもどった。そしていすにこしをおろし、スタンドにぶらさがっている北ヨーロッパの地図をぼんやりとながめた。

「先生、パーシーはなんていったんですか？」ベッラがきいた。

「『くそっ！』よ。先生もそういいたい気分だわ。みんな、きょうはこれでおしまい」


ぼくはまっすぐ家に帰らなかった。おやつも食べずに住宅地を歩きまわり、おいしそうなナシの木や、緑のいがのついたクリの木をながめたりした。

でも、ちっとも気分は晴れなかった。

いちばんなかのいい友だちといっしょじゃないのに、夕やみにまぎれてナシをもいだって、なにが楽しいだろう。クリの皮にかれ葉をつめて、茎《くき》をさして、パイプみたいにふかしたって、おもしろいわけがない。

ぼくはぶらぶらと、おもて通りをひきかえした。

金物屋さんの前で、マリアンヌに会った。魚屋さんでタラを買ってきたんだって。

「アーネはいっしょじゃないの？」ぼくはきいた。

「ううん。きょうは楽器の練習の日なの。楽器といっても、ただのせんたく板なんだけど。そこまで、いっしょに帰らない？」

「きょうは、だめ。いまからパーシーの家へ行くから。でも、ひとつだけ、きいてもいい？」

「なあに？」

「ぼくとアーネと、ふたりいっぺんにつきあうってのは、どう？　サウジアラビアでは一度に二十人もの女の人と結婚《けっこん》できるらしいよ。いいと思うんだけどな」

「あたしにはできないわ。一度にひとりだけよ」

「そう、ざんねんだな。でも、ちょっときいてみただけだから。じゃあね」

「またね」マリアンヌはいった。

ぼくはパーシーのアパートをめざして、歩きだした。

魚のにおいがまだ、鼻にのこっていた。


よびりんを鳴らすと、ドアがあいた。パーシーのパパだった。

このまえとおなじ、白いナイロンのシャツを着ている。でも、もっとつかれているみたいだ。

「きみがウルフか。パーシーはいないよ。ダンボールをもらいにいった」

「いいんです。おじさんと話がしたかったから」

「ほう。まあ、おはいり」

ぼくは中へはいった。

天じょうに、かさのない電球がひかっていた。かべぎわには、旅行カバンやダンボール箱《ばこ》がつんであった。鏡《かがみ》だけが、まだもとの場所にかかっている。

「ちらかっているがね。ここで話そう」パーシーのパパは、ぼくに居間《いま》のひじかけいすをすすめると、自分はソファにこしをおろし、足をくんだ。

「話って、なんだね？」

黒いくつのつま先が上下にゆれている。

ぼくはいらいらした。

カーテンのないまど。まるめて、たてかけてあるマット。かべのあちこちに、絵をはずした四角いあとがついている。

ぼくの胸《むね》に、さみしさとくやしさがごちゃまぜになって、こみあげてきた。

「さあ、話してくれ。なにをいいにきたんだね」

「ひっこさないでほしいんです」

「ふむ」パーシーのパパは、かべの絵のあとに目をうつした。

「パーシーはとても悲しんでいます。それに、ぼくだって。おじさんにはわからないんですか？」

「いいたいことは、それだけか？」

「パーシーはここにのこりたいんだ。いごこちがいいと思ったのは、ここだけなんだ。だから、ひっこしたいなんて、一度もいわなかったでしょ？」

「ああ、そうだが」

「パーシーはきょう、図画の時間になきだしたんだ。おじさんは自分のことばかり考えてる！」

「そう思うかね？」

ぼくはうなずいた。胸《むね》がつまって、ことばがでてこない。

へやの中はしずまりかえった。

パーシーのパパは足をゆするのをやめ、かた手で目をこすった。

「いいかね、ウルフ。世の中にはどうしてもしなくちゃならないことがある。いやでもしなければならないことが」

「はい……」

「おじさんの話もきいてくれ。きみのおとうさんは歯医者さんだったね。患者《かんじゃ》さんが虫歯をなおしにくる。入れ歯をつくりにくる人もいるね。金をつめにくる人も」

「はい」

「人の歯には、つねに虫歯ができる。きみのパパにはつねに仕事があって、お金がもうかる。歯医者さんは、お金の心配なんかしなくてすむ。だから家族とじゅうぶん、くらしていける。だが世の中、みんながみんなそうじゃない。考えたことはあるかね？」

「いいえ、一度も」

「きみはさっき、おれが自分のことばかり考えているといった。だがほんとうは、おれだって、パーシーがここにのこれたらいいと思っている。いま、いちばんのぞんでいることはそれだ。なにも夏のうちから、かみさんに毛皮を買ってやりたかったわけじゃないんだ。だがね、ウルフ。おれはブラインドを売るのが仕事なんだ。この町でもうこれ以上、ブラインドが売れないのなら、よそへ行くしかないだろ？」

「わかりません」ぼくはいった。

でも、ぼくにはよくわかった。ぼくにはパーシーをたすけることはできない。パーシーのパパもどうすることもできない。

「世の中のすべての父親が、金庫にお金をためているわけじゃないんだ」

「そうです。ぼくのパパは百科事典《ひゃっかじてん》の一冊《さつ》にはさんでいます」ぼくはいった。

パーシーのパパは立ちあがった。

「ざんねんだ。こういうことになって、ほんとうにざんねんだが、きみがきてくれてうれしかった。パーシーにきみみたいな友だちがいたことを、ほんとうにうれしく思う」

居間《いま》からでると、毛皮をきたパーシーのママがダンボールの間に立っていた。鏡《かがみ》の前でじっとしたまま、うれしそうにわらっている。まるで、どこかべつの世界にいる夢《ゆめ》をみているみたいに。

家に帰りついたときには、街灯《がいとう》にあかりがともっていた。

『スタルク歯科医院』の看板《かんばん》にも、あかりがともっていた。

ぼくは、そっと家の中へはいった。

すると、パパがげんかんにでてきて、階段《かいだん》の時計をみながらいった。

「おそかったじゃないか。食事の時間はとっくにすぎたぞ。三時間半もおくれるとは」

「う、うん」

「でも、まあいい。今夜はとくべつな夜だからね。サウジアラビアのタラル・アル・サウド王子から電報《でんぽう》がとどいたんだ。りっぱな電報《でんぽう》だよ。ぜひとも、うちにおじゃましたいと書いてある」

「いつ、くるの？」

「こんどの水曜日だ。さてと、いっしょに台所へおいで。ビーフシチューをあたためてあげよう」

「パパが？」

「そう。ママは頭痛《ずつう》がするといって、もうねてしまった」

パパが台所でなにかするのをみるのは、はじめてだった。

パパは口ぶえをふきながら、ママがみがいたレンジ・フードの下に立って、アルミのなべを木べらでかきまわした。

ぼくはテーブルにつくと、犬のごはんみたいにもられたシチューをそろそろとなめた。

「ねえ、パパ。アラビアの王子さまに、なんでもおねがいしていいって、ほんと？　にいちゃんがパパからきいたって、いってたけど」

「さあ、どうだかね」パパはおでこにしわをよせた。「パパもどこかできいた話だからな。おねがいするのは、よくないという説《せつ》もある。そんなことしたら、一生のはじだとね。シチュー、いらないのか？」

「うん、あんまり、おなかがすいてないんだ」

13 ブタ肉入りポテトだんごとアイスホッケーゲーム

王子さまがうちにくるときまってから、ママは毎晩《まいばん》おそくまではたらいた。

目のあらい金属《きんぞく》のくしでマットのふさをととのえ、戸だなのとびらをクレンザーでみがいた。ココナツマカロンを山ほどやいて缶《かん》につめこみ、テーブルクロスはどれも二回以上《いじょう》、せんたくした。

そして、いよいよあしたにせまった火曜日の夜、とうとうへんになってしまった。

ぼくが寝室《しんしつ》へはいっていくと、ママは赤いよそいきのワンピースを着て、ドレッサーの前にすわっていた。みけんにしわをよせて鏡《かがみ》をみている。黒い髪《かみ》をほどいて、ばさっとたらしている。

「なにかすることある?」ぼくは声をかけた。

「なにもないわ。ひとりにさせてちょうだい」ママはそういうと、とつぜん、ドレッサーにおいてあったはさみに手をかけ、頭のうしろにもっていった。

ぼくはあわてて、書斎《しょさい》まで階段《かいだん》をかけおりた。

パパとにいちゃんはゆかにひざをついて、パパが買ってきた、だんろにかざるほのおをためしていた。電気をいれると、あかりが赤くともって、ほのおがゆらゆらうごくんだ。

「たいへんだよ。ママが髪《かみ》の毛を切ろうとしてるよ！」

ぼくがさけぶと、パパはびっくりして、寝室《しんしつ》へかけあがった。十二歳《さい》のときから一度も切ったことがないという、ママの黒くて長い髪《かみ》の毛が大すきだったから。

ぼくたちもあとにつづいた。

「なにしてるんだ？」パパはドアをあけた。

ママははさみをおき、ためいきをついた。

「あたしって、ブスね。デブだし、目のまわりはしわだらけよ。王子さまがおみえになるっていうのに、こんな髪《かみ》の毛じゃ、いられない」

「切っちゃだめだ！　切ったりしたら、グランド・ホテルに、電話する。王子さまにうちにこないでくれって」

にいちゃんとぼくはドアの前に立ったまま、パパがママの肩《かた》に手をおき、レースのついた赤いワンピースをやさしくなでるのをみていた。

「ウルフ、行こう。ママならもう、だいじょうぶ。ぼくたちはじゃまなだけだ」にいちゃんはいった。そして、「新しいネクタイをしてみようっと」と、自分のへやへ行ってしまった。

ぼくはこっそり診療室《しんりょうしつ》へおりていって、ラッセに電話をかけた。

「うそじゃないからね。あした、うちに食事にくるんだ。おもて通りに立っていれば、リムジンでくるのがみられるよ」

「みられるって、だれを？」

「王子さまだよ。アラビアの王子さま」ぼくは受話器《じゅわき》にむかって、きっぱりといった。

ぼくは、まどべにかざったサボテンのとなりで、ずっと外をながめていた。

二時間以上《いじょう》まって、やっとおめあての車があらわれた。白いキャデラックのオープンカーだ。ぴんととんがったおしりが、お日さまの光をうけて、ぴかぴかひかっている。

オープンカーは、うちの郵便《ゆうびん》受けの横でとまった。

あとから、エスキルさんと技師《ぎし》のカール・ヨハンさんがＤＫＷにのってやってきた。ふたりはパ

パの無線《むせん》なかまだ。

「きたよ、きたよ！」ぼくはさけんだ。

「ああ、神さま！」ママもさけんだ。「まだバターをきれいにまるめてないのよ。げんかんにはパパにでてもらいましょ。ママはやねうらにかくれたいわ」

パパはすぐさま、げんかんへとんでいった。

ドアをあけると、コンクリートの階段《かいだん》に王子さまは立っていた。

頭に白い布をまいている。着ているのは、黒い厚地《あつじ》のマントみたいな服。

ぼくは手をさしだした。

でも、王子さまはふつうの人のように、にぎったりはしなかった。ぼくの手の上に自分の手をのせただけだ。あたたかい手。砂漠《さばく》からきたんだから、あたりまえだけど。

「おまねきいただき、光栄《こうえい》である」王子さまはいった、らしい。

アラビア語でいったことを、王子さまがつれてきた通訳《つうやく》の人がスウェーデン語でいいなおすんだ。

「まずは、家の中でもご案内《あんない》いたしましょう」パパがいった。

お客さんがうちにくると、パパはいつもこういう。家の中をみせるのが大すきなんだ。

さっそくパパは、王子さま、通訳《つうやく》の人、エスキルさん、カール・ヨハンさんをしたがえて、地下室へおりていった。にいちゃんとぼくもあとにつづいた。

「これがですな、王子さま。暖房《だんぼう》のボイラーです」パパはボイラーをゆびさした。「こちらが石油をいれるタンクです」

王子さまはうなずきながら、パイプやタンクをじっくりとながめた。鼻をくんくんさせて、かぎそこなってはもったいないと思っているみたいに、地下室のにおいをかいだ。

「石油はアラビアからくるんだよ」ぼくはいった。

王子さまは、にっこりほほえんだ。

「よけいなこというな」にいちゃんは、ぼくのうでをつねりながらささやいた。

「つぎへ行きましょう」パパがいった。

みんなはぞろぞろと、せんたく室、食料庫《しょくりょうこ》、倉庫《そうこ》をみてまわった。倉庫《そうこ》には、おち葉をかきあつめる熊手《くまで》や庭仕事の道具、パパのスクーターがおいてある。

「これは、わたしのスクーターです」パパは説明《せつめい》した。

それから、ぼくたちはやねうらと二階の居間《いま》をまわり、パパの書斎《しょさい》へおりた。

だんろの中で、電気の赤いほのおがゆらゆらゆれている。パパは指をさして、じまんした。

「とてもおもしろいのである」王子さまはうなずいた。でも、もうあきているみたい。

「無線機《むせんき》は、あとでゆっくりおみせするとして。さいごはゲーム室です」

ゲーム室のテーブルには、アイスホッケーゲームがだしっぱなしになっている。にいちゃんとぼくがいつもあそぶからだ。

王子さまはテーブルに近づくと、アイスホッケーゲームのレバーをおしてみた。ほんとうにおもしろそうな顔をしたのは、このときがはじめてだった。

「これはなにか、きいてもよろしいか？」

「アイスホッケーゲームです」ぼくはこたえた。

「ちょっとためしてみたいのであるが」

「じゃあ、食事のあとで、ひと勝負しましょう」ぼくはいった。ちょうどそのとき、ママが「〈晩《ばん》さん〉のしたくができました」と、みんなをよんだから。


みんなが席《せき》につき、おごそかな〈晩《ばん》さん〉がはじまった。

にいちゃんはきげんが悪かった。王子さまとアイスホッケーゲームをするのが自分じゃなくて、ぼくだから。にいちゃんのほうが年上なのに。

前菜《ぜんさい》がすむと、にいちゃんとぼくはママがおさらをさげるのをてつだった。

「ふん。おまえなんか、まともに勝負なんかできないくせに。スウェーデンのはじさらし！」台所へ行くと、にいちゃんはいった。そして、ぼくの新しいちょうネクタイをひっぱり、ぱっとはなした。ゴムがちぢんで、ちょうネクタイはぼくののどにピシッとあたった。

「ふたりとも、やめてちょうだい。きょうはもう、うんざりよ！　王子さまは、ママのお料理をのこされてしまったわ」ママは王子さまのおさらをみつめた。

馬肉のうす切りロールが半分と、ホースラディッシュのクリームソースがのこっている。

ママはふかいためいきをついた。それから、ブタ肉入りポテトだんごを大きなボウルによそい、食堂《しょくどう》へもっていった。

パパはブタ肉入りポテトだんごが大すきだ。おじいちゃんと競争《きょうそう》して、二十一こも食べたことがある。にいちゃんの記録《きろく》は十二こ。でも、ぼくはたったの三こだ。あぶらみがきらいだから。

「これは、スウェーデンの典型的《てんけいてき》な家庭料理です」カール・ヨハンさんがいった。

「たいへん、おいしいのである」王子さまはいった。と、通訳《つうやく》の人はいった。

でも、王子さまは二こしか、食べなかった。三こめは、一口かじっただけだった。おまけに、ポテトだんごの中からさいのめのブタ肉をフォークでつつきだし、おさらのふちによけてしまった。

ママはがっくりと肩《かた》をおとした。

「みんな、のこされてしまうわ。どうしましょう？　いなか風オムレツでもつくりましょうか？」

ママは通訳《つうやく》の人にささやいた。

すると、通訳《つうやく》の人はほほえんだ。

通訳《つうやく》の人がいうには、アラビアでは食べものをのこすのが習慣《しゅうかん》らしい。それが満足《まんぞく》をしめするし。のこさずにぜんぶ食べてしまうのは、ぎょうぎの悪いことなんだって。

そうきいて、ぼくもぎょうぎよくしようときめた。

エスキルさんもカール・ヨハンさんもママもにいちゃんもパパも、食べるのをやめた。

パパはうらめしそうな顔で、目の前の湯気のたっているポテトだんごをみつめた。まだ五こしか食べていなかったんだ。

「……さてと。コーヒーはあとにするとして。下へ行って、ちょっと無線機《むせんき》でもいじりましょうか？」

「アイスホッケーゲームが先だよ」ぼくはいった。

「そうそう。ほんとうに楽しみである」王子さまもいった。

ぼくはさっそくいすから立ちあがった。ベランダに目をやると、ラッセがガラスに鼻をぺったりおしつけて、まんまるい目をして立っていた。

王子さまはお客さんだから、すきなチームをえらばせてあげた。黄色いユニホームがスウェーデンで、赤いのがソ連《れん》だ。

王子さまは黄色をえらんだ。ぼくにとっては、どっちでもいいことなんだけど。にいちゃんとやるときは、ぼくはいつもソ連《れん》だから。

それから、ルールをきめた。一ピリオド十点で、二ピリオド先にとったほうが勝ち。ピリオドごとに陣地《じんち》を交代する。

第一ピリオドは、十対五でぼくが勝った。

王子さまはまだ、どの選手がどのレバーか、よくわかっていなかったんだ。王子さまがセンターをうごかそうともたもたしているあいだに、ぼくのバッカーがすかさずわりこんだ。

陣地《じんち》交代のあと、第二ピリオドは王子さまも調子があがった。

まずは一発でゴールをきめた。あまりの速攻《そっこう》に、ぼくはキーパーのレバーに手をだせなかった。

「ナイス！」にいちゃんはさけんだ。王子さまをおうえんしているんだ。

王子さまも、ぼくがゴールからパックをつまみだすと、満足そうな顔をした。

「楽しいゲームである。たいへんおもしろいのである」王子さまはいった。

「そうですな」パパもいった。ろくにやったことなんかないのに。

カール・ヨハンさんはいつのまにか、パックをいれる係になっていた。そして、パックをかならず、王子さまのほうにすべらせた。

でも、ぼくはもんくをいわなかった。もんくをいったら、『審判《しんぱん》にたてついた罰《ばつ》』で、にいちゃんがぼくのセンターを三分間退場《たいじょう》にしてしまうから。にいちゃんはいつもそうする。審判《しんぱん》はいつも、にいちゃんなんだ。

けっきょく第二ピリオドは、十対八で王子さまが勝った。

「ウルフは、もうだめだな」審判《しんぱん》のにいちゃんはいった。

そして、そのとおりになった。さいごのピリオド、王子さまは十対二で、ぼくをうち負かした。

でも、それがなんだっていうんだろう。負けることに、ぼくはなれている。

それに、きょうの勝者は、なんといってもぼくだ。アラビアの王子さまとアイスホッケーゲームをしたのはぼくで、そんな子はほかにいないんだから。

「ブラボー。じつに、いい試合《しあい》でした」カール・ヨハンさんがいった。

「ウルフもがんばったじゃないか」エスキルさんもいった。

「そのとおりである」王子さまは、にっこりほほえんだ。「ウルフくんは、余《よ》ののぞみをかなえてくれたのである。最高《さいこう》に楽しいときをあたえてくれたのである。

もしなにかほしいものがあれば、余《よ》からプレゼントしたいが」

ぼくは耳をうたぐった。パパはまゆをひそめている。

でも、ぼくは気にしなかった。

「はい！　ひとつだけ、あります」

「なんであるか？　わがよき友よ」

そのとき、ぼくの頭に、黒いニューファンドランドの子犬がうかんだ。毎晩《まいばん》さんぽにつれだして、おしっこをさせるセターがうかんだ。黄色と白と黒の毛がまじったコリーがうかんだ。

ぼくはせきばらいをした。

「王子さまの車で、友だちのパーシーのうちへいっしょに行ってもらいたいんです。あした、パーシーはひっこしするんです。そのまえに、ほんものの王子さまに会わせてあげたい！」

14 パーシーの大取引《おおとりひき》

パーシーのうちへ行くのは、王子さまと通訳《つうやく》の人とぼくの三人だけということになった。カール・ヨハンさんとエスキルさんはのこって、パパとしばらく無線《むせん》であそぶ。ママは食事のあとかたづけ。にいちゃんはすっかりふきげんになって、「へやへ行く」といった。

「すぐにもどってまいる。余《よ》はウルフくんと、ちょっとひとまわりしてくるだけである」王子さまはいった。

外にでると、車の横にラッセが立っていた。かんぜんにぎゃふんときている顔だ。おまけに、ふかぶかとおじぎをしたものだから、スチールの郵便受《ゆうびんう》けに頭をぶつけそうになった。

「わかったでしょ？　ぼくがうそつきじゃないって。いまから、王子さまの車でパーシーに会いにいくの」

「おれも、のっけてくれよ」

「だめ。ラッセの席《せき》はないよ」ぼくは車にのりこんだ。

王子さまとぼくがうしろの座席《ざせき》に、通訳《つうやく》の人が運転席にすわった。通訳《つうやく》の人は運転手でもあるんだ。

「まがるところを、おしえてください」運転手で通訳《つうやく》の人はいった。

「はーい」ぼくはこたえた。

車はラッセをのこして、すべるように走りだした。ラッセはバックミラーの中で、どんどん小さくなる。

いい気分だった。革《かわ》ばりのふかふかのシートも気持ちいい。

ぼくはせもたれによりかかった。王子さまもよりかかっている。

「余《よ》はドライブがすきなのである」

「ぼくもすき」

「おもしろいものをみせましょう」王子さまは、手もとのボタンをおした。

すると頭の上のほろが、するするとうしろにたたまれていった。もう一度ボタンをおすと、するするともとの位置にもどった。魔法《まほう》みたいだ。

「すばらしいではないか?」

「うん！」ぼくはうれしくなって、大きな声でいった。

通りに面した家では、王子さまを一目みようと、みんながまどから顔をだしていた。

いつもぶすっとしているグスタフソンさんは、車をみがきに外へでてきた。

オルソンさんは、いつもよりもずっと道に近いところでせんたくものをほしはじめ、オラウソンさんは郵便受《ゆうびんう》けに手をいれたまま、車にむかって、ひざをちょこんとまげて、おじぎをした。

とにもかくにも、この町に王子さまがきたのは、はじめてなんだ。

「ここを右だよ！」車がムンク通りの角にさしかかると、ぼくはいった。

「そして、もうすこしスピードをあげて走るのである」王子さまもいった。

それから何回か角をまがって、ぼくたちはパーシーのアパートについた。


ぼくはよびりんをおした。短く二回、長いのを一回。これはモールス信号で、ぼくの頭文字だ。

パパからならったんだ。

これでパーシーには、ぼくがきたとわかる。

でも、パーシーはドアをあけずに、郵便受《ゆうびんう》けごしにどなった。

「もう会わないはずだろ。さよならはとっくにすませた」

「わかってる。でも、きみに会わせたい人をつれてきたんだ」ぼくはいった。

パーシーはかぎをはずし、ドアをあけた。そして、茶色い、子どもっぽい目でパーシーをみつめている王子さまをじっとみた。

「そちがウルフくんの友だちであるか？　お目にかかれて光栄《こうえい》である」

王子さまが手をさしだすと、パーシーはその手を力いっぱいゆさぶった。

「おれも、うれしいよ。さあ、どうぞ」

ぼくたちは中へはいった。

「パーシーも王子さまの車にのりたいでしょ？　ほろつきのオープンカーなんだ」

「もちろんさ。でも、こういうときはまず、なにかごちそうしなくちゃ」

パーシーのパパもママも、ぼくたちがきたことにぜんぜん気がつかない。ふたりは居間《いま》で、のこりのにもつをかたづけていた。

ママはあいかわらず、毛皮を着ていた。ソファーのクッションをかかえ、レコードのフランク・シナトラにあわせて、にもつのすきまをぬうようにおどっている。

きょうは、パーシーのパパもフランク・シナトラが気にならないみたいだ。ほんとうは、シナトラが大きらいのはずなんだけど。

「あたしのことはー、しんぱい、しないでー」と、シナトラはうたっている。

「おれのへやへこいよ」パーシーはいった。

通訳《つうやく》の人とぼくは、パーシーのベッドにすわった。

王子さまは、つくえの前のいすにすわった。

「なにがいい？　ビールかオレンジサイダーならある」パーシーはドアの前に立ったまま、ぼくたちにきいた。

「オレンジサイダーがよろしい」王子さまはいった。

パーシーが飲みものをとりにいくと、王子さまは立ちあがり、まどに近づいた。

パーシーはおぼんにオレンジサイダーのびんを四本のせて、すぐにもどってきた。それぞれにストローがさしてある。

ぼくたちは、しずかにサイダーを飲んだ。

「たいへんおいしい、さわやかな味である」王子さまは、どぎついオレンジ色のサイダーを半分まで飲むと、びんをまどの前においた。

「うん。じゃあ、そろそろ車に行く？」ぼくはきいた。

けれども、王子さまはうわのそらだった。レバーをみつけたんだ。まだ、とりはずしていなかっ

たブラインドのレバーを。アイスホッケーゲームとおなじように、ねじったり、ひっぱったりしている。

「これはなんであるか?」王子さまはきいた。

パーシーは説明《せつめい》しようと、まどの前にかけよった。

とめぐにまきつけてあったひもをほどくと、まきあがっていたブラインドがすーっとおりてきた。

「ブラインドというものさ。王子さま、レバーをねじってみて」

王子さまはねじってみた。

うすいプラスチックの板が上をむいたり、下をむいたりする。

王子さまはなかなか、やめられないみたいだ。

顔がにたついている。

「すばらしい発明である」

「まどにとりつけるだけでいいんだ。そうすれば、すきなだけ、へやにはいる光の量《りょう》を調節《ちょうせつ》できる」

「よくわかったのである」

「じゃまなときは、ひもをひっぱって、上にあげるんだ。ほら、こうすれば、まどから外がよくみえる」

王子さまはひもをひっぱったり、はなしたりして、ブラインドを上に下にうごかした。通訳《つうやく》の人を手まねきして、そちもやってみるようにといった。

「たいへん役にたつものである」

「そうだよ。とくに太陽がよくてるところではね。それに、さびない材料《ざいりょう》でできてるから、ほこりがついたときは、ぬれぞうきんでさっとふくだけでいいんだ」

すると、王子さまはレバーをねじりながらいった。

「余《よ》は、太陽のいっぱいてるところからきたのである。日かげができるのはうれしい。このブラインドなるものは高価《こうか》なものであるか？」

「やすくはないけど。でも、王子さまになら、すこしおまけしてあげる。いくつぐらい、ほしいの？」

王子さまは、ちょっと考えた。

「二……」

「二こ？」

「ちがう。とりあえず、二万こである」

パーシーはおしだまった。耳がみるみる、まっ赤になっていく。

「す、すぐに契約書《けいやくしょ》をかわさなくちゃ」パーシーはダンボール箱《ばこ》から空色のノートをひっぱりだした。

ぼくはベッドにすわったまま、パーシーと王子さまが値段《ねだん》を計算し、ノートに書きこむのをみていた。

やがて、契約書《けいやくしょ》ができあがった。

パーシーと王子さまは、さいごにそれぞれの名前を書いた。そして立ちあがると、むかいあって、あく手した。

「ハマキはすわないの？」ぼくはきいた。「大きな取引《とりひき》のときはハマキをすうもんだって、まえにいってたじゃない？」

「そうだ！　ウルフのいうとおりだ。こういうときはハマキをすうもんだ。わすれてたよ」パーシーはドアをあけると、フランク・シナトラよりも大きな声でさけんだ。「とうさん！　とうさん！いちばんふといハマキをもって、おれのへやへきて！　もう、ひっこさなくてもよくなったよ！」

パーシーのパパはくつ音をひびかせて、ぶつくさいいながら、やってきた。

「パーシー、いいかげんにしろ。なんどもいったはずだ。ひっこすことは、もうきまったんだ！」

けれども、パパはドアの前で、息をのんだ。

はじめに通訳《つうやく》の人を、それから王子さまに目をやった。そして、ノートの切れはしをもって、へやのまん中に立っているパーシーを。

「なんだ、これは？」

「パーシーが人生をかけた大取引《おおとりひき》をやったんです」ぼくはいった。

王子さまがハマキをすっているあいだ、パーシーのパパはなんども契約書《けいやくしょ》に目をとおした。そして、「パーシーは天才だ」とつぶやいた。

ちょうどそのとき、フランク・シナトラが「おまえはー、おれをー、わかくさせるー」と、うたいはじめた。

「さてと。そろそろ、ウルフくんの家へもどる時間である」王子さまはいった。

「うん。ココナツマカロンが山ほど、まってるよ」ぼくもいった。

帰り道、王子さまは助手席《じょしゅせき》にすわった。うしろの座席《ざせき》では、パーシーとぼくがシートにしずみそうになって、すわっていた。

こんなに気分がいいのは、ひさしぶりだ。

ぼくたちをのせた車はエンジンの音をひびかせ、みなれた通りを走っていく。

風が髪《かみ》の毛をなでていく。

ぼくはときどき指をさして、王子さまにみておくといいものをおしえてあげた。

おかしを売っている売店とか、パイプにするクリの木とか、箱自動車《はこじどうしゃ》ですべりおりると最高《さいこう》にスリルのある坂とか。

ペンキ屋さんの前の歩道では、ラッセ、ヨーラン、ウッフェ、ビョルネたちが手をふっていた。

その先には、女の子が立っていた。金髪《きんぱつ》で、ゴムのベルトをして、アンゴラのセーターを着た女の子が。

「まって。ちょっとだけ、とまってくれない？」ぼくはいった。

車はマリアンヌの前でとまった。

「やあ。アーネはいっしょじゃないの？」ぼくはきいた。

「ううん。彼《かれ》にはもう、あきちゃったわ。カントリー音楽だとかいって、せんたく板ばっかりひっかいてるんだもの。つまらない子よ。キスもぜんぜんじょうずじゃないの」

「じゃあ、あとでぼくと会ってくれる？」

「もちろんよ」マリアンヌはほほえんだ。

車はまた走りだした。

ヘム通りまでくると、王子さまは、ほろをするするとあけた。もう、日がしずみかけていた。

パーシーはぼくの肩《かた》をつねると、いった。

「ウルフ！　ありがとう。おまえのおかげで、きょうは最高《さいこう》にいい日だった！」

「うん。あしたもきっと、いい日になるよ」ぼくもいった。

Hemskogsvägen
228-218

日本の読者のみなさんへ

「この本で読んだこと全部を信《しん》じちゃいけない」

というおとながいるかもしれないけど、
きみたちは信《しん》じていい。

そのほうがずっと楽しいよ。

わざわざつまらなくすることはないよね？

ウルフ・スタルク

ウルフ・スタルク

訳者《やくしゃ》あとがき

この作品は、スウェーデンの人気作家ウルフ・スタルクの『パーシーの魔法《まほう》の運動ぐつ』の続編《ぞくへん》です。前作同様、作者の子ども時代をもとに少年たちの毎日がいきいきと描《えが》かれています。

運動ぐつの取引《とりひき》から一年。パーシーは主人公ウルフをはじめ、ウルフのおさななじみのウッフェやヨーランとも親しくなり、楽しい毎日をすごしていました。ところが、父親の商売がうまくいかなくなったせいで、遠い町へひっこさなければならなくなります。

学校生活にもすっかりなじんでいたパーシーは、転校する日にそなえて、わざと学校がきらいになることばかりしでかします。ウルフは親友パーシーのために、なんとかしたいと思いますが、とくいのはずの催眠術《さいみんじゅつ》もいつのまにかつかえなくなり、パーシーの転校をくいとめるうまい方法《ほうほう》はみつかりません。

一方、アマチュア無線《むせん》にこっているウルフのパパは、交信《こうしん》ちゅうにサウジアラビアの王子さまと知りあいます。そして、なんと、王子さまがウルフの家にやってくることになり、家じゅうみんなで大さわぎしますが……。

この作品を訳《やく》しながら、あらためて感じたのは、スタルクの筋立《すじだ》てのうまさです。王子さまの一件、パーシーの家庭の事情《じじょう》、そして子どもたちの交友関係《かんけい》といったさまざまな伏線《ふくせん》をたくみにからませ、物語をテンポよく展開《てんかい》していくのです。それにくわえて、会話や小道具に絶妙《ぜつみょう》なユーモアをちりばめ、さいごまで読者をぐんぐんひっぱっていく筆力は、みごととしかいいようがありません。翻訳《ほんやく》の作業も、わらったり、おどろいたり、ときに涙《なみだ》ぐみそうになったりと、作品を楽しみながらすすめることができました。

スウェーデン語の原題は、『ぼくの友《とも》だちストゥーレビーのシャイフ（Min vän shejken i Sturebuy）』です。シャイフとは回教国《かいきょうこく》の族長や家長をあらわすことばですが、もちろん、ここではアラビアの王子さまのこと。ストゥーレビーは、作者が育ったストックホルムの南にある地名です。このあたりにはいまでも、老人《ろうじん》ホームや礼拝堂《れいはいどう》、パン屋さんなど、作品にでてくるおなじみの場所がのこっており、歩いてみると、はじめてみる景色《けしき》にも、ふしぎとなつかしさがわいてくるものです。

子ども時代をもとにしたスタルクの作品には、この「パーシーシリーズ」のほかに、ドイツ児童《じどう》文学賞《ぶんがくしょう》を受賞《じゅしょう》した『おじいちゃんの口笛《くちぶえ》』、ストリンドベリ賞《しょう》を受賞《じゅしょう》した『おねえちゃんは天使』、思春期にさしかかったころの自伝的短編集《じでんてきたんぺんしゅう》『うそつきの天才』『二回目のキス』などがあります。また、現代《げんだい》を舞台《ぶたい》にしたフィクション『シロクマたちのダンス』の主人公ラッセにも、作者自身の子ども時代がすくなからずかさなるといえるでしょう。

子どもたちがもっている明るさと切なさを、あざやかに描《えが》きだすスタルクの作品は、スウェーデンはもとより、ノルウェー、オランダ、ドイツなどヨーロッパのほかの国々でも人気があります。日本のみなさんにもおおいに楽しんでいただければ、訳者《やくしゃ》としてたいへんうれしく思います。

さいごになりましたが、この本は、一九九七年に出版《しゅっぱん》された『パーシーとアラビアの王子さま』の新装版《しんそうばん》です。旧版《きゅうはん》同様、画家のはたこうしろうさん、装丁《そうてい》の柏木早苗《かしわぎさなえ》さん、そして小峰書店編集部のみなさんに、たいへんお世話になりました。この場をかりて、心よりお礼をもうしあげます。

二〇〇九年　夏

菱木晃子《ひしきあきらこ》

ウルフ・スタルク[Ulf Stark]
1944年ストックホルム生まれ。スウェーデンを代表する児童文学作家。
1988年に絵本『ぼくはジャガーだ』(ブッキング)の文章でニルス・ホルゲション賞,
1993年に意欲的な作家活動に対して贈られるアストリッド・リンドグレーン賞,
1994年『おじいちゃんの口笛』(ほるぷ出版) でドイツ児童図書賞等, 数々の賞を受賞。
他に『シロクマたちのダンス』(偕成社), 『ミラクル・ボーイ』(ほるぷ出版),
『地獄の悪魔アスモデウス』(あすなろ書房), 『おにいちゃんといっしょ』,
『ちいさくなったパパ』, 『うそつきの天才』, 「パーシーシリーズ」(小峰書店) 等がある。

菱木晃子[ひしきあきらこ]
1960年東京生まれ。慶應義塾大学卒業。現在, スウェーデン児童文学の翻訳で活躍。
ウルフ・スタルク作品を多く手がけるほか, 『ニルスのふしぎな旅』(福音館書店),
『長くつ下のピッピ　ニュー・エディション』(岩波書店), 『マイがいた夏』(徳間書店),
「セーラーとペッカ」シリーズ(偕成社), 『ノーラ、12歳の秋』(小峰書店) など多数ある。

はたこうしろう[秦好史郎]
1963年兵庫県西宮生まれ。広告, 本の装幀, さし絵などの分野で活躍。
絵本に『ゆらゆらばしのうえで』(福音館書店), 「クーとマー」シリーズ(ポプラ社),
『なつのいちにち』(偕成社), 『ちいさくなったパパ』(小峰書店) など,
さし絵に『三つのお願い』(あかね書房), 『おにいちゃんといっしょ』(小峰書店) などがある。

パーシーとアラビアの王子さま　[パーシーシリーズ]
2009年7月17日　新装版第1刷発行

著者　ウルフ・スタルク
訳者　菱木晃子
画家　はたこうしろう
ブックデザイン　柏木早苗

発行者　小峰紀雄
発行所　(株)小峰書店　〒162-0066　東京都新宿区市谷台町4-15
TEL 03-3357-3521　FAX 03-3357-1027　http://www.komineshoten.co.jp/
組版／(株)タイプアンドたいぽ　印刷／(株)厚徳社　製本／小髙製本工業(株)

ISBN978-4-338-24602-6
NDC949　147P　19㎝　乱丁・落丁本はお取り替えいたします。